U0791302

听见宋朝好声音

宋词那些人、那些故事

苏淑芬◎著

人民东方出版传媒
東方出版社

图字：01-2017-5849

© 苏淑芬
本书经由时报文化出版公司独家授权，限在中国大陆地区发行。
非经书面同意，不得以任何形式任意复制、转载。

图书在版编目（CIP）数据

听见宋朝好声音：宋词那些人、那些故事 / 苏淑芬 著. —北京：东方出版社，2018.9
ISBN 978-7-5207-0540-0

Ⅰ.①听… Ⅱ.①苏… Ⅲ.①宋词—选集 Ⅳ.①I222.844

中国版本图书馆 CIP 数据核字（2018）第181770号

听见宋朝好声音：宋词那些人、那些故事
（TINGJIAN SONGCHAO HAO SHENGYIN：SONGCI NAXIE REN、NAXIE GUSHI）

作　　者：苏淑芬
责任编辑：郭文婷
出　　版：东方出版社
发　　行：人民东方出版传媒有限公司
地　　址：北京市东城区东四十条113号
邮　　编：100007
印　　刷：北京楠萍印刷有限公司
版　　次：2018 年 9 月第 1 版
印　　次：2018 年 9 月第 1 次印刷
开　　本：880 毫米 × 1230 毫米　1/32
印　　张：8.5
字　　数：160千字
书　　号：ISBN 978-7-5207-0540-0
定　　价：39.80元
发行电话：（010）85924663　85924644　85924641

版权所有，违者必究
如有印装质量问题，我社负责调换，请拨打电话：（010）85924602　85924603

推荐序一
以歌咏言，宣泄真情

苏州大学文学院　杨旭辉

作为古典文学的研究者，经常要面对“诗言志”“文载道”这样厚重的关键词和话题。但我一直在不断地省问：为什么我们总是忽视了“言志”之后的“歌咏言”呢？即便是作为歌咏而存在的词，许久以来，也被附丽了太多的“比兴”和“寄托”。很多“风谣里巷男女之思”，往往都被解读成“贤人君子幽约怨诽不能自言之情”，甚或是家国天下大计。“昨夜西风凋碧树。独上高楼，望尽天涯路”“衣带渐宽终不悔，为伊消得人憔悴”“众里寻他千百度。蓦然回首，那人却在，灯火阑珊处”，晏殊、柳永、辛弃疾的经典词句，本是对人间儿女私情的深挚歌咏，也被王国维巧妙地用来谈论为学与事业的境界了。

词，又名曲子词，这种和乐的歌词，唐宋以来盛行不衰。说得直白些，词就是唐宋时期在民间大受欢迎的流行歌曲的歌词，所以在英文世界中，许多汉学家索性就把它直接翻译成song。我时常在脑海中玄想：作为流行文化的曲子词，何不让它回归到其本原、本真的状态中去呢？如果卸去了言志、载道这样的宏大叙述，它是否会给我们展现出别样的场景和别样的感动呢？

读了苏淑芬教授的这本《听见宋朝好声音》，我似乎找到了答案。在欧阳修、晏殊、陆游、辛弃疾等一众历史名人的词作中，完全看不到政坛要人的矜贵、夫子自道的酸腐和冬烘……相反，倒是真实再现了他们撤去显赫社会地位的“面具”后，在政治、社会乃至历史舞台之台下、幕后的人生，宣泄其真情，彰显着人性的真实。原来，欧阳修这样的夫子尚有“月上柳梢头，人约黄昏后”的浪漫和“既得金钗又得美人”的风流韵事；辛弃疾这样的英雄也有“倩何人唤取，红巾翠袖，揾英雄泪”的凄情惋叹；至于陆游和前妻唐婉之间“错错错”“莫莫莫”，以及“人成各，今非昨”“难难难”的相互酬唱，即便是跨越千百年的时间阻隔，依然可以感动着一代代的痴男怨女。

先师严迪昌教授以词学研究而蜚声学界。数年的侍坐和熏陶，我以驽钝之资，在词学上多少还是有所感悟，但始终对词学研究的兴味并不是很浓，只是更愿意沉浸于词作的细腻给我带来的情感熨帖和适意。我特别喜欢宋人词作中“摇首出红尘，醒醉更无时节”（朱敦儒《好事近》）的状态，在浅斟低唱的萦回中享受词带给我的精神愉悦和享受。这正如苏淑芬教授本书

《后记》之题所揭示的那样：不分古今，乘着歌声让心灵共鸣。

去年，我在台北东吴大学担任客座教席，幸运地与苏教授有过一段美好的学术交往。冬日的午后，灵秀的外双溪畔，和苏教授一起品读着宋词的诗性和情韵，与冬日的暖阳相应和，更感受着她的温婉与优雅。苏教授的《听见宋朝好声音》即将在大陆刊行，在苏教授的导引下，相信会有更多的朋友会深深地爱上宋词，并喜欢上宝岛台湾女性学者行文的知性、细腻和典雅，而我则在其行云流水的文字中，又复现外双溪畔美妙而惬意的回忆……

2018 年 8 月写于苏州沧浪亭畔

推荐序二

跟着宋词，从今朝回到宋朝

台湾师范大学国文系　林佳蓉教授

词，是宋朝之“独艺”，它赋予汉字最精致美丽的文学形式。

《听见宋朝好声音》，光看书名，就很想移动手指翻开书页；移动我们的视线，进入弥漫平仄抑扬、声韵顿挫的词林，听一阕又一阕如间关莺语的长短句，在花叶底下穿梭流动；看几行小令或乐句长调，缓缓抒发低回要眇、细腻婉转的情思幽怨。

但是，作者在诠释这些跃动灵思、闪烁动人美感的作品时，却有意翻转宋词幽约怨悱的一面，而以一种轻松愉悦的笔触来传译宋词中有时过于伤愁的文字。从书名、分类标题，到每篇的题名，皆加上几分诙谐，语带趣味。如介绍秦观的《满庭芳》，题目是“别唱啦，这歌惹得老师不开心”，点出苏轼曾批评秦观习仿柳永词作风格句法的不是；而解说李清照的《醉花阴》，用“鹣鲽情深是一回事，拼场还是不能输”为题，概括赵明诚为了不输妻子李清照的填词才思，曾废寝忘食苦思三天三夜，写了五十首词作的较劲故事。即使是内文赏析，多少也融入一些俏皮幽默的思维，或结合今日时下的流行用语，使导读的内容呈现清新的现代感。

这本书，有妥帖的释义、清晰的说明，以及史传掌故出处的注释，方便读者根据附注的资料检阅原文。在符合知识性的编织之下，读来又可让我们莞尔一笑，能让我们倚在茄冬树下，或窝在藤椅上舒服地看它，用一种欢喜的生命姿态进入古典文学的世界，而欢喜、放松心灵，不正是我们紧张、忙碌、充斥各种压力的现代社会生活中，最最需要的解剂？！

《听见宋朝好声音》，赋予了宋词的知识，更赋予了珍贵的阅读乐趣，将读者从今朝带向典雅的宋朝。

前　言
唱歌力量大

会唱歌，真是上帝给人最好的礼物。只要轻轻张开口，如怨、如慕、如诉、如泣的歌声，流泄着浓浓的情感与心意，就能深深打动人的心。

拥有“十亿个掌声”的邓丽君，歌声圆润甜蜜，宛如天籁美音，使听者如沐春风，“君在前哨”的慰问演出更是鼓舞军心。温暖的歌声让年轻人欢欣，壮年人陶醉，老年人得安慰，忧郁者为之疗愈，她的歌声“甚至比莫扎特音乐都好”[1]。

“乐坛天后”江蕙的歌声温暖，陪伴我们走过半个世纪，也安慰了许多受伤的心灵，使他们内心平安。新西兰的一位父亲费尔（Phil Tchernegovski）来台湾寻找登山失踪的儿子，他说江蕙的歌声“像打开心门的一把钥匙”，如“宗教福音般的震撼、抚慰与救赎”[2]，治愈了他焦虑不安的心。

其实，自古以来，歌声即能安定人心、慰藉受伤的心灵。北齐高祖高欢率军攻打西魏，久攻不下，军队折损惨重，光是死亡士卒就有七万人左右，高欢忧愤生病，几乎不起。一天夜里见大星坠落在营中（古人以为陨石是将星坠落），高欢又惊又怕，赶快撤军。一时间人心惶惶，高欢便命斛律金用鲜卑语大唱《敕勒歌》:“敕勒川，阴山下，天似穹庐，笼盖四野。天苍苍，野茫茫，风吹草低见牛羊。”苍劲慷慨的歌声抚慰了人心，连高欢都亲自和唱，涕泗横流，军心也渐渐稳定下来。虽然斛律金不识文字，但他唱歌发出慰藉的能量如此奇妙，连当时徐陵与庾信等大文学家都无法与之相比。[3]

唱歌，发出来的力量真大。

唐朝有一个很会唱歌的人，名叫李衮，他的歌声享誉江南，惊动京城。有一回，崔昭从江南到长安朝见皇上，他带着李衮同去。崔昭刚到京城就广邀宾客，并邀请长安首席乐师以及京城名妓参与盛会。他对大家说:“我有个表弟从江南来见见世面，就请他坐在末座。”然后叫穿着破衣的李衮入座，满座的宾客都不把他放在眼里。

酒过数巡，音乐响起，崔昭先请当时有名的歌者曹元谦、念奴，歌唱助兴。唱完大家都拍手叫好，赞不绝口。崔昭说:“想请表弟为大家献唱一曲。”在座的人不是懒得理，就是嘲笑，还有人很生气李衮凭什么能献唱。等到李衮嘹亮的歌声响起，所有乐工、歌妓都大吃一惊，甚至感动到哭了起来，喊道:“这一定是名震江南的李八郎！”[4]乐工、歌妓们起身排成一列，对着李衮连连下拜。这种前倨后恭的态度，让人领教到歌唱的震慑力量足以折服大众，扭转局势。

唱歌，还能展示气概，光宗耀祖。

汉高祖刘邦平定英布之乱后凯旋，途经故乡沛县时，和父老兄弟一同飨宴。

酒酣中，刘邦亲自击筑，高唱他创作的《大风歌》:“大风起兮云飞扬，威加海内兮归故乡，安得猛士兮守四方。”歌声传达声威震海内的雄姿气概，是衣锦还乡的雀跃与张扬，是光宗耀祖的展示，是对长治久安的期盼，更是故乡游子告慰父老乡亲的方式。刘邦唱完后，还命令儿童们跟着唱。意犹未尽，甚至起身跳舞，情绪激动，流下数行热泪。

汉高祖在沙场上勇猛慷慨，唱起歌来却十足感性，像赤子一般。唱歌让他展现自信，踌躇满志。借着歌声曲调流露真情，发泄情绪，以此得到慰藉、满足，并产生共鸣。

宋朝人尤其爱唱歌，上至皇帝、大臣，下至贩夫走卒，每个人都爱写歌、爱唱歌。无论是生日、宴会，还是离别、相思，都可以唱，也都唱得出来。从《全宋词》收录了词人一千三百多位，词作约两万首，就知道宋词在当时受欢迎与普及的程度。

宋词就是宋朝的歌，词谱就是词的曲子、旋律。最早的时候，词牌用于表达词的内容，比如《渔歌子》是歌咏渔夫,《女冠子》是歌咏女道士,《河渎神》则是咏祠庙的歌。但后来词谱亡佚，词牌和内容就变得不相干了。像李后主的《相见欢·无言独上西楼》，不是讲相见的欢愉，而是讲“剪不断，理还乱”的伤感。《寿楼春》也不是用来祝寿，而是用来悼亡。

宋人填词必须先有词谱，才能按着谱式填上文字。那时候没有电视、电影、手机，人们最大的娱乐就是到歌楼里，听着美丽的歌妓敞开嗓子，和着音乐的旋律唱歌，既能排遣郁闷，又能解酒消气。宋词的流行，大多是靠歌楼里歌妓的传唱。

清朝《词径》曾记载："无才固不可作词。"[5]意指没有才能的人是没能力填词的。谁有才能写出脍炙人口的词，谁就会受欢迎、受崇拜。柳永自称"才子词人"，很多歌妓排队等着他填词，如果拿到柳永哥的新词，想不红也难，身价马上暴涨十几倍，比现代人参加歌唱比赛得奖还管用；因为柳永的词音律谐婉，语意妥帖，红遍海内外。这就像现代歌手需要找到优秀的填词者、作曲人，为自己唱的歌加分。

起初宋人填词大多在歌楼酒筵，或是拜访、应酬、饯别等时刻。但是唱歌的能量太强大，优点太多，渐渐演变成除了单纯的娱乐外，另有目的的填词写歌。

写歌成为找工作的敲门砖。当时称为"干谒"（有目的地求见），像柳永的《望海潮》，献上一首称颂长官的词，当作自我推销的名片，期望因此找到好工作。

有的人写词给长官祝寿，为的是表达统一中原的抱负。如辛弃疾《水调歌头·寿赵漕介庵》："要挽银河仙浪，西北洗胡沙。"赵介庵是宋朝宗室，辛弃疾期望他能肩负复国重任，以银河仙浪洗涤中原被金占领的膻腥味。又如《洞仙歌·寿叶丞相》：

“好都取、山河献君王。”期望叶衡丞相能统一中原，献给君王。

有的人写词是期望长官能帮忙处理债务。如郑无党本性不受拘束，很会填词，打听到成都太守许将最喜爱《临江仙》词，就在许将举办中秋宴会时，请歌妓唱他填的《临江仙·不比寻常三五夜》。许将听后问谁写的，歌妓回说郑无党。许将觉得他有才华，打算推荐郑当官，但郑无党无意功名，说：“我投递诉状，只是期望大人能处理官府追讨我积欠数千串铜钱的事。”[6]

有的人写词，皇帝就将宫女赏赐给他，如宋祁写《鹧鸪天》；有的人写词，就不用防守边疆，直接唱凯歌回师朝廷，如蔡挺《喜迁莺》；有的人写词，马上就有官做，如俞国宝《风入松》；有的人写词，把自己救出监牢，如吴淑姬《长相思令》，词的力量超越法律与制度。因为一首歌得到有形或无形的好处，这样的例子数不胜数，让人惊讶，甚至羡慕。

但不是每个人填词都很幸运，也有许多人是填词的受害者。因填词飞来横祸，是词人始料未及的。如柳永写了《醉蓬莱》，皇帝看了很生气，下令让他落榜。苏轼被贬到湖北黄冈当团练副使[7]，禁止出境，有一天与朋友喝酒后，填下《临江仙》，被太守徐君猷误以为逃犯。朱敦儒年轻时写《鹧鸪天》，表示不屑功名，一派清高的样子，后来为了儿子到秦桧手下当官，被人嘲笑。还有人因为唱了一首歌，莫名其妙被送进监牢。有一个县官为了欢迎来视察的长官杨万里，请歌女在酒会上献唱，不料词中有句“万里云帆何时到”[8]，严重冒犯了长官杨万里的名讳，歌女马上被县官关入大牢。在宋朝，有些歌可不能随便乱唱。

还有一部分人，写歌、唱歌是为了表明自己的心。有的是感恩别人在皇帝面前推荐自己当宰相，如陈尧佐《踏莎行》；有的是久久不中举，被嘲笑戏弄，写一首词立志将嘲笑踩在脚下，如侯蒙《临江仙》；有的是没钱付医药费，唱首歌并奉上歌妓一名抵账，如辛弃疾《好事近》；有的是妻子不得母亲欢心，被迫离婚，唱出失婚的痛苦，如陆游《钗头凤》；有的是被恶少欺压，唱一首歌来申诉，表明自己的梅花精神，如洪惠英的《减字木兰花》。

词刚兴盛时，原本是音乐的附庸，但经过唐、五代，词已是独立的文学，虽然大部分的工尺谱[9]已经亡佚，但现在还是有许多词是可以歌唱的。宋词之所以感动人心，在于写出了人们的心声，文字隽永美妙，能引起广泛的共鸣。

注释：

1. 参考施以诺主讲:《音乐与身心健康》演讲。

2. 参考林欣谊:《中国时报·纽西兰老爸寻子，找到台湾之爱》。

3. 王灼:《碧鸡漫志》，见唐圭璋《词话丛编》，册一。“金不能书，当时徐、庾辈不能也。”

4. 参考李肇:《国史补》卷下，李清照《词论》。

5. 孙麟趾《词径》引蔗乡云:“无才固不可作词，然逞才作词，词亦不佳。”

见《词话丛编》，册三。

6. 参考杨湜:《古今词话》，见《词话丛编》，册一。

7. 团练使的副职，从八品，无执掌，用以安置贬降官员。

8. 叶梦得:《贺新郎》词句。

9. 工尺谱：中国传统记谱法，用“工、尺”等字表示音高和唱名。

目 录

好词带你上天堂

这词掀起好大风波

词人心情千百款

好词带你上天堂

唐朝的卢藏用中举后，为了引起公卿注意，以退为进，隐居在终南山，最后被礼聘出来做官。另一位隐士司马承祯也被征召，但坚持不肯做官，想回山里隐居，卢藏用送他返乡，在路途中指着终南山说："此中大有嘉处。"司马承祯慢慢回答："在我看来，这是做官的捷径啊。"日后人们嘲笑为猎取功名而隐居的人，走的是"终南捷径"。

宋朝人爱唱歌，爱写歌，他们只要发自肺腑，写首好歌，张口吟唱，就可直接表明心意，自有好事上门，无须蓄意隐居，也不用特意求官，好歌还流传到了现在。

现在的艺人开演唱会，需要公关、舞台、音响等，花费许多财力、人力，或可获得票房、名声，但是几年后，有多少人会记得那些曲子及歌词？宋朝的歌却是历久弥新，虽然经过一千多年，仍广为流传，其优美的词句与情韵，深深触动我们的心灵，如今更成为文学经典。大学的中国文学系将宋词列为必修课程，还有专门吟诗唱词的社团。

在宋朝，因为皇帝的喜爱与大力提倡，音乐歌舞兴盛，再加上群众的喜爱，所以词传布广泛。会唱歌、会写歌的人，实在受人欢迎，而且有意想不到的好处。

宋孝宗某年八月到浙江亭观赏钱塘潮，太上皇宋高宗和孝宗都很开心，说钱塘地形很奇特，钱塘潮更壮观，是天下难得一见的胜景（“钱塘形胜，东南所无。”“钱塘江潮，亦天下所无也。”）。太上皇因此命令在场的官员们写《酹江月》词，到傍晚呈上写好的词。最后知名书法家吴琚得到第一，高宗与孝宗都给予极多奖赏，令人称羡。

为皇帝写诏书的韩缜唱首歌，竟然可以带妾出使西夏，现在想来都很荒谬。小小的县尉王琪只唱了一句，就获得晏殊的赏识，马上升官。岳州教官（掌管教化的学官）陈诜则用一首词拯救了原本要被黥面和发配的歌妓。这些殊荣都不是金钱可以买到的，而是靠宋词极大的魅力。

一句好歌词，迈向发达路

一曲新词酒一杯。
去年天气旧亭台。
夕阳西下几时回。

无可奈何花落去，
似曾相识燕归来。
小园香径独徘徊。

——晏殊《浣溪沙》*

* 除特别标注外，本书中的宋词所用版本为：唐圭璋编纂、王仲闻参订、孔凡礼补辑《全宋词》，中华书局，1999年。

我拿起一杯美酒，听一曲新歌，依旧是去年这样的春天，也是同样站在这座亭台上。美好的时光一向太短暂，好像夕阳西沉难以久留，不知几时才会再度东升。

怀着无可奈何的心情，任花儿飘零落地。好像是曾经认识的燕子又飞回来了，在这落花飘香的小路上，我独自徘徊、沉思。

现代人要靠歌艺出头很困难，对古人来说也不简单。

宋朝有名的词人柳永因为写词得罪了仁宗，管理文官的吏部不让他升迁。他专程到宰相晏殊那里请其帮忙，晏殊问他："你也写歌吗？"柳永很开心地说："是啊，我和您一样都写歌。"没想到，晏殊嫌弃他写的《定风波》歌词鄙俗，不屑地说："我虽然写歌，但我可不曾写过像你'针线慵拈伴伊坐'这样的曲子。"柳永只好没趣地走了。

晏殊是个七岁就能写诗的神童，十四岁时参加考试，不但气定神闲很快答完考卷，进行诗、赋、论考试时，他看到考题后还主动说："这些考题我都做过了，请用其他题来考我。"因而受到皇帝的肯定，赐同进士出身。

晏殊的词富有哲理，引人深思。例如，他写《浣溪沙》："满目山河空念远，落花风雨更伤春。不如怜取眼前人。"就有一种"人应该面对现实，把握现在"的体悟。他认为，登高望远，一味思念远方的亲友于事无补，不如怜惜眼前的歌女；感伤一切遥不可及、不可挽回的事物，是徒劳无益的。晏殊虽然也有不少描写男女爱情的作品，但婉约有韵味，因此一直看不上柳永为歌妓所作的词，认为过于直接、浅露，没有品味。

相反，当时在扬州望县任小小县尉的王琪，只简单唱了一句，就获得晏殊的赏识，马上升官晋爵。

《浣溪沙》这首歌是晏殊的独唱曲，可是每次唱到“无可奈何花落去”这句时就唱不下去。因为歌词中必须有个对句，晏殊写了上一句，一直对不出下一句。

有一次，晏殊经过扬州，在大明寺休憩。寺庙的墙壁涂满过客留下的诗。晏殊闭上双眼，低头踱步，叫随从把墙壁上的诗念给他听，但不要说出作者的名字及住处。几乎每首诗，念不到几句就被他打断，因为大多穷酸无趣。

直到随从念出王琪的《咏史》诗，[1]他觉得这首诗写出“当年隋宫乐曲被当成圣乐，不料实为亡国哀音”的哀怨，却又不带怒气，精深而美妙。

晏殊如获至宝，马上召王琪来吃饭。饭后两人闲步池畔，这时已是暮春，地上落花片片。晏殊说:“我每次填词时，一得到佳句，就赶紧写在墙壁上，慢慢推敲琢磨，但有时一整年都想不到好的对句。就像‘无可奈何花落去’，到现在还想不出下一句怎么对。”王琪不假思索地回答:“似曾相识燕归来。”

这个对句，被明朝的大文学家杨慎赞为“天然奇偶”。人世间许多美好的事物都无法长存，如春花会凋谢，春光易流逝，全是大自然的规律，也都“无可奈何”，人力无法阻止。然而，春花消逝的同时，却有春燕归来，心中稍有慰藉，可也只是“似曾相识”，而不是原来的燕子，让人再次陷入世事变化的惆怅。

晏殊大为赞赏，聘王琪为幕僚和侍从，跟在自己左右。不久又推荐王琪为馆阁校勘，这是整理、校勘国家图书典籍的官职。

在当时，担任馆阁校勘的官员无法外派，而晏殊为了征召王琪，特别奏请皇上恩准，[2]让王琪同时兼任中央和地方官员。王琪因一句“似曾相识燕归来”，从地方调到中央，从九品直升七品。除了正职的薪水，还有职务补贴、外派津贴，成为高薪一族。

晏殊太得意“无可奈何花落去，似曾相识燕归来”这个对句。后来他在南京做官时，又作了一首七言律诗，[3]并在诗中毫不掩饰地写入这个对句：

元巳清明假未开，小园幽径独徘徊。
春寒不定斑斑雨，宿醉难禁滟滟杯。
无可奈何花落去，似曾相识燕归来。
游梁赋客多风味，莫惜青钱万选才。

诗里提到，游园的宾客中，有很多是才华横溢的士子，所以在上位的人，要舍得花钱才能得到有才能的人。言下之意，当然是指自己肯高薪聘用有才的王琪。

王琪获得晏殊的赏识，两人常有诗词唱和、宾主尽欢的趣闻。有一本记录北宋文坛掌故和逸事的《石林诗话》，曾记载：

王琪在开封担任图书校勘时，晏殊坚持要带他到南京上任，当自己的副手。北宋官员可以同时兼任中央与地方的职务，正是从王琪开始。从此两人每日诗词吟咏，非常快乐。有一年中秋，天色阴暗，厨房早已准备妥当，晏殊却没说要欢聚饮宴。到了夜晚，王琪暗中叫人探查晏殊在做什么，回报说已经睡了。王琪快速写好诗，送到他房中催他起来："只在浮云最深处，试凭弦管一吹开。"晏殊躺在床上，看到王琪的诗，很开心，赶快坐起穿衣，召人准备各项道具，开始吟诗唱词。到了夜半时分，月亮果然从云端露出脸来，一伙人开心饮酒至天明。[4]

叶梦得羡慕地说："晏殊和王琪等前辈的风流趣事，连天上的清风明月都这么合人心意。"

晏殊的词集叫《珠玉词》，珠圆玉润，富丽闲雅。有人说他一生富贵，才会有这样富雅的气象。一生富贵，指的是他十四岁就被封为进士，三十一岁时官职仅次于宰相。但晏殊其实曾三次被贬官，当官五十年间，贬官外放时间长达十六年。

史书上说晏殊脾气很硬，态度傲慢，平时喜欢呼朋引伴一起吃饭、喝酒，却也懂得赏识、提携有能力的人。范仲淹、欧阳修，都出自他的门下。但他脾气傲慢，对看不起的人会直接拒之门外，比如柳永；对于欣赏的人则千方百计提拔，比如王琪仅凭一句“似曾相识燕归来”，就让晏殊另眼相看。

至于王琪，据说他性格孤僻，很难和人相处。他在孩童时就能写歌作诗，当校勘时，皇帝宴客，命每人作一首山水石歌，只有王琪得到皇帝的奖赏。王琪的歌相继被宰相晏殊、皇帝看中，但留下来的作品并不多，只有十二首词收入《全宋词》。他的《望江南》十词，写江南的柳、雨、岸、草、竹、燕、酒、月、雪、水，深得欧阳修与王安石的赞赏。

注释：

1. 王琪的《咏史》诗：“水调隋宫曲，当年亦九成。哀音已亡国，废沼尚留春。仪凤终陈迹，鸣蛙只沸声。凄凉不可问，落日下芜城。”乐曲终止叫成。《尚书·益稷》：“箫韶九成，凤凰来仪。”
2. 参考徐松：《宋会要辑稿》，职官十八。“校勘官无有带外任者，时晏殊奏辟琪，特有是命。”依宋代的官职和薪资，在京城任官可以领正俸和加俸，加俸就如同现在的职务补贴。宋代的加俸十分优渥，连随从和买衣服、粮食的钱都包括在内。此外，派到地方的官员，还可多领外派津贴，称为“职田”。因此，王琪同时兼任中央和地方官员，应该领有正俸、加俸、职田三种薪水，是高薪一族。
3. 晏殊：《示张寺丞王校勘》。
4. 参考叶梦得：《石林诗话》，卷上，第三则。

一首赢得皇帝女人的好歌

画毂雕鞍狭路逢。
一声肠断绣帘中。
身无彩凤双飞翼，
心有灵犀一点通。

金作屋，玉为笼。
车如流水马游龙。
刘郎已恨蓬山远，
更隔蓬山几万重。

——宋祁《鹧鸪天》

我俩狭路相逢，迎面而来的皇家车队壮观华丽，突然有一辆车绣帘掀开，美人儿一声温柔的呼唤，像触电般震撼我的心灵。蓦地两人四目交接，虽然我没有像彩凤般的双翼可以飞跃而过，然而两颗心有如灵犀（犀牛角上有条白纹，从角端直通大脑，感应灵敏），不须言语，就能彼此相知相通。

因为美人是皇宫内眷的身份，所以坐着金马车，住豪华的房子。她就像被关在玉笼中的鸟儿，失去自由。两人虽心有灵犀，却无法自由地相恋相爱。繁华的市中心，路上车如流水，马如游龙，喧嚣不堪，一下子车队走了，虽然已经相隔很远，但无法阻拦心心相印的两个人。

北宋文学家宋祁有一次坐轿子上朝时，经过热闹的市中心，远远看见豪华的皇家嫔妃车队，他赶紧闪到一旁。当皇家车队擦身而过时，某辆车中的美女正好撩开车帘向外张望，一眼就认出宋祁。

宋祁是当时又富又帅的型男，是京城美女们的偶像。这位后宫美人看到偶像，一时惊喜激动，顾不得皇家礼仪和自己的身份，惊呼："哇，是小宋耶！"娇滴滴的呼喊让宋祁一愣，循声望去，发现车帘后一位杏眼桃腮的妙龄宫女对自己嫣然一笑。

这短暂的惊鸿一瞥，令坐在轿子内的宋祁心神激荡，立马拿出他写歌的看家本领，写出《鹧鸪天》这首情意绵绵的歌。宋祁太有想象力，只听到一声娇滴滴的呼喊，以及与美女四目相接的怦然心动，就写出了一首情意深切的新词。

其实，这首词大半借用别人的词句，组合起来却令人赞赏。"身无彩凤双飞翼，心有灵犀一点通"和"刘郎已恨蓬山远，更隔蓬山几万重"是借用唐朝诗人李商隐的名句，"车如流水马如龙"[1]则是西汉刘向《列女传》里的句子。

大名鼎鼎的宋祁吐露心意的新词，诉说两人不须言语，就能彼此相知，但碍于士大夫与皇帝内眷的身份，无法相恋相爱，只能在歌曲中表达无尽的相思。

这首歌马上传唱整个汴京城，并且很快传入宫里，传到仁宗皇帝耳中。仁宗欣赏之余也觉得奇怪，嫔妃们平常深居后宫，如何识得小宋呢？

一个妙龄宫女自行请罪说："因为奴婢在一次御宴上听见'宣翰林学士'，左右内臣都指他为小宋，所以奴婢认得。那天正好在大街上相遇，就忍不住喊了一声。"

宋仁宗仁慈又爱才，他没有责怪宫嫔，而是召来宋祁，并叫宫女们唱这首《鹧鸪天》，问他："词中的女子是哪一位美女啊？"宋祁吓得魂飞魄散，以为大祸临头，连忙跪下请皇上恕罪，哪知皇帝反而做主将宫女赐给了他。宋祁写歌，不仅抱得美人归，还得到仁宗的青睐，可谓一举两得。

宋祁原本就是多情的人。他六十岁当成都太守时，有一晚在锦江设宴喝酒，感到天气有点冷，命仆人回家取一件"半臂"（短袖对襟的短外套）。妻妾婢女为了争宠，每人拿出一件，仆人竟带回几十件"半臂"来。宋祁望着这一堆"半臂"，想来想去，一件也不敢穿，宁可受冻，咬着牙哆嗦回家[2]，也不想伤害爱自己的人的心，这是他善良纯真与体贴的地方。

宋祁这首《鹧鸪天》的情歌，和王琪的"似曾相识燕归来"一样，简单写上两句，就得到天上掉下来的礼物。连皇帝都被他的词迷住，造就如此美满的结局。

宋祁从小聪明过人，仁宗时，他与哥哥宋庠同中进士，礼部本来想选宋祁第一，宋庠第三，但是刘太后觉得弟弟不能排在哥哥前面，决定宋庠为头名状元，而把宋祁放在第十位。人们用“大宋”“小宋”区分这对“双状元”兄弟。

宋氏兄弟幼时父母先后去世，跟着继母在故乡湖北安陆读书，生活非常贫困。有一年冬至，他们请同学来家里喝酒。家中没钱，哥哥宋庠只能把祖传宝剑剑鞘上装饰的银子，拿去换钱办酒席。宋祁听到后笑着说：“冬至吃剑鞘，过年就要吃宝剑了。”[3]

大概小时候太穷，宋祁兄弟对未来不敢有很大的期待，只求当个三餐温饱的小官。有一次，两兄弟求见太守，太守不在，等待时见到太守回家的气势与排场，仰慕不已，立志只要能当上太守就心满意足。好朋友令狐子先嘲笑他们没志气，觉得当官就要出将入相。没想到宋庠后来当上宰相，宋祁官至尚书（如今的部长），令狐子先反而只做到主管诉讼案件的地方推官。

宋祁晚年也承认自己年轻时不敢有大志，但贫穷激发他苦读向上，加上拥有各种才华，又遇到好机会，才能高居尚书之位。刚做官时，宋祁抱负满怀，多次直言上书，陈述自己安邦治国的意见。他不但希望国家杜绝冗员的浪费，还直言劝谏仁宗皇帝：要以身作则，才有威信；要节俭，后宫佳丽不可太浪费，这样天下的人才会跟从。在当时，宋祁能够不避禁讳，直接干涉皇帝的后宫生活，确实需要一定的胆量。

不过，宋祁只会劝别人节省，自己的生活用品都很奢侈讲究，家中也养了许多妻妾，生了十五个儿子。[4]他常在自己的豪宅内设宴招待客人，喝酒吃饭佐以轻歌曼舞，宾客喝完酒拉开帘幕一看，天早已大亮，因此他的官邸叫“不晓天”。

当宰相的哥哥宋庠刚好相反，品性庄重又节俭。有一次元宵夜，宋庠没去赏灯赴宴，而是在家读《周易》。听说宋祁点灯夜宴，穷奢极侈，宋庠第二天就派人去责问：“还记得当年的上元夜，在学校里吃烂腌菜饭的情景吗？”宋祁听后笑着说：“当年吃苦攻读，不就是为了享受今天的荣华富贵？”[5]

宋祁虽然喜欢享乐，但做学问很认真。他与欧阳修同修史书《新唐书》，前后长达十几年。修撰期间，宋祁一度担任亳州（今安徽西北方）太守，不管在家或出外，都随身携带文稿。当成都知府时，每晚在烛光下写书到深夜。[6]

不过，潜藏在骨子里爱玩乐的因子，还是随时伺机而出。有一回大雪纷飞，宋祁在烛光下修《新唐书》，问周围的侍妾：“你们侍奉过的官宦人家，那些家主在这种大雪纷飞的时刻，也会专心著述吗？”侍妾们回答说没有。宋祁再问其中一位来自党太尉家[7]的侍妾：“以前你家主人在这种天气，都在干什么？”侍妾回答：“围坐火炉摆下酒宴，乐队伴奏，歌妓们歌舞，期间还演杂剧。”宋祁马上大笑说：“这主意也不错！”遂叫人撤掉笔砚改摆酒席，通宵喝酒唱歌。[8]

据说宋祁修史期间，常常卖弄学问，喜爱写些冷僻词。欧阳修实在受不了，有一次去探望宋祁，宋祁不在家，他灵机一动，便在门上写“宵寝匪贞，札闼洪休”八个字。宋祁回来后，问：“这是什么意思？”欧阳修说：“这是‘夜梦不祥，题门大吉’啊。”宋祁不以为然地说：“你就写‘夜梦不祥，题门大吉’，为何用这种冷僻字眼呢？”欧阳修哈哈大笑：“我这是照你的笔法写的。你修《新唐书》的手法就是这样呀。”宋祁明白他的用意，后来写文章再也不用冷僻字词。[9]

虽然哥哥宋庠是宰相，自视甚高的宋祁却因看不起满朝文武官员，一辈子没当上宰相。但他很会填词，他的《玉楼春》词中有“红杏枝头春意闹”，唱得太红了，他因此被封为“红杏尚书”。而且宋仁宗显然相当喜欢宋祁，因为一首《鹧鸪天》就将宫女送给他，就是最好的例子。

注释：

1. 此句出自刘向《列女传·明德马后》：“前过濯龙门上，见外家问起居，车如流水马如龙。”曾被李煜在《望江南》中借用，现在又被宋祁借来。
2. 参考宋魏泰：《东轩笔录》，卷十五。
3. 参考王得臣：《麈史》，卷中。
4. 参考范镇：《宋景文公祁神道碑》，见杜大圭《名臣碑传琬琰集》，卷七。
5. 参考钱世昭：《钱氏私志》。
6. 参考宋魏泰：《东轩笔录》，卷十五。

7. 党太尉，名党进，是个文盲，一下雪就在家饮酒作乐。

8. 参考潘永因:《宋稗类钞》，卷四。

9. 参考祝穆:《事文类聚》别集卷五，文章部“文不必换字”条。

既得金钗又得美人的欧阳修

柳外轻雷池上雨，雨声滴碎荷声。小楼西角断虹明。
阑干倚处，待得月华生。

燕子飞来窥画栋，玉钩垂下帘旌。凉波不动簟纹平。
水精双枕，傍有堕钗横。

——欧阳修《临江仙》

柳林外传来轻轻的雷鸣声，池塘上传来蒙蒙的细雨声；雨声淅淅沥沥，在荷叶上跳动着，发出细碎的声音。不久小雨停了，小楼的西方浮现出被遮断的彩虹。我们靠倚栏杆旁，默默欣赏着，直等到月亮东升。

燕子从远方飞来，停在画梁上，好像在偷窥；我轻轻从玉钩上放下门帘。床上竹席平平地铺展开来，好像清凉的水波，没有任何波纹。床头放着水晶双枕，她的金钗从头发上坠下，横放在枕边。

不小心弄丢宝贵的东西，常叫人心痛不舍。但只要唱首歌，就有人代为赔偿，哪有这么好的事？

欧阳修在洛阳时，是枢密使（宋代掌军政的最高长官）钱惟演手下的推官，负责诉讼案件，和一名歌妓很亲近。有一天，钱惟演在后花园宴客，很多知名文士都到了，只有欧阳修和这名歌妓不见人影。

等了很久，才看到两人一前一后姗姗来迟。在座的人面面相觑，因为宋朝严禁官员与官妓厮混，官妓只能出现在宴席及公开场合。

钱惟演不得不板起脸来，责备歌妓说："为什么这么迟才来？"歌妓回答："因为天气太热了，我在凉堂午睡，醒来却发现金钗不见了，所以一直找，找到现在还没找到。"

钱惟演故意为难那名歌妓，说："你们既然迟到了，就得受罚。欧阳推官文采好，如果你能得到一首他新填的词，我不仅不罚你，还送你一支金钗。"歌妓默默望着欧阳修。欧阳修看见她无助的眼神，心生爱怜，毫不掩饰他的爱慕，当即吟出这首

《临江仙》。

《临江仙》最早是歌咏水仙的。[1]因为它的音律和谐优美，很多人喜爱用这个调子，填入抒情的词。欧阳修在词中暧昧地写道："在水晶双人枕头旁，横放着掉下的金钗。"实在不打自招，引人遐思。

年轻又有才华的欧阳修写下这首情歌，婀娜多姿的歌妓轻启朱唇，歌声婉转流泻，在座的人仿佛也被爱情滋润着，陶醉其中，纷纷拍手叫好。

最后钱惟演命歌妓斟满酒，奖赏欧阳修，然后用公款为她买了一支新的金钗，并告诫欧阳修以后行为要收敛些。

钱惟演其实是个善于奖掖人才、提携后进的人。他常常公开支持欧阳修等年轻文人吃喝玩乐。有一次，欧阳修和同僚到嵩山游玩，傍晚下起雪。钱惟演竟然派人骑马赶来，还带来手艺好的厨子和歌妓，并传话说："官府没什么事，你们不用急着回来，尽情在嵩山赏雪吧。"[2]

因此，欧阳修一直感念钱惟演的厚待，对他也很敬重，说钱惟演"虽出身富贵之家，却很节省，无论官阶、功绩、人品都是第一"。[3]

欧阳修这首词大胆又露骨。按照钱惟演平常对欧阳修的纵容与宠爱，根本就是把朝廷严禁官妓与官员厮混的规定当耳边风，还默许两人私下偷情。这引来继任洛阳枢密使、古板的王曙严厉的训诫与批评，他认为欧阳修等人饮酒游乐没有节制。[4]

欧阳修的行为后来是否收敛了一些呢？看来没有。他依旧与歌妓们纠缠不清，继续写他的艳词。几年后，他的词已经传遍全国，就连当时偏远的河北也不例外。北宋都城是汴京（今开封），而欧阳修当推官时的洛阳，就在汴京的西边，称为西京，是开封之外的政治中心所在。欧阳修四十九岁时出使辽国，依据陈师道《后山谈丛》记载：

> 欧阳修出使辽回国后，路经贾文元守卫的河北。贾文元请来官妓歌唱娱乐，并再三交代好好伺候欧阳修。宴会中，官妓捧酒杯祝寿，欧阳修一边畅饮，一边听歌妓唱词，非常开心。贾文元很奇怪歌妓为何有这样的本事，后来才知道歌妓所唱的歌，全是欧阳修的词，因此让欧阳修眉开眼笑。[5]

我们很难想象，被苏轼称赞为“著礼乐仁义之实，以合于大道”[6]的一代儒宗欧阳修，还有这么风流多情的一面，而且写过许多艳词。

虽然有许多欧迷跳出来说，凡是夹杂在《欧阳修集》中的艳词，都是小人或是仇家动的手脚。[7]但其实欧阳修会写艳词，我们不用太惊讶。主要原因有三：

第一个，宋代士大夫的薪资非常优渥[8]，不愁吃穿，加上宋太祖解除将领的兵权后，鼓励他们每天喝酒作乐[9]，因此官员都有养歌妓的经济能力和记录，欧阳修就养有八九个歌妓。[10]

再者，词本身的定位就是艳科，供歌唱。内容要婉约柔媚，最早的词集《花间集》的内容就是艳情、闺怨、离情。欧阳修用诗文写抱负和理想，用艳词来宣泄情感，供歌妓唱，表达缠绵悱恻之情。

最后一个原因是，欧阳修四岁丧父，孤苦无依，投奔叔叔。十七岁时参加科考落榜，直到二十四岁才通过国子监考试。二十五岁娶恩师胥偃之女为妻，妻子却在生下儿子不满一个月就过世，死时年仅十七岁。儿子也在五岁时夭折。第二任妻子同样在结婚八个月后病死。

这样的成长过程让他从小身体瘦弱、内心敏感。两任妻子与儿子皆早逝，死亡的阴影与恐惧，也使得欧阳修“执着地用感官享受来冲破死亡的威胁”，在词中“书写男女艳情、女性生活与身体，以及宴饮赏景等，它们都洋溢着追求快乐的情绪”。[11]这些发泄肉体快乐的艳体词，背后隐藏着他压抑的热情、深层的孤独与恐惧，他要用玩乐来抗拒死亡的威胁。

但话说回来，欧阳修也在钱惟演主导的文人聚会里，认识了当时的古文先导尹洙、写实主义诗人梅圣俞，酝酿着日后宋朝古文运动的契机。

有一次，钱惟演家要修建新房，命欧阳修和尹洙写文章记录。欧阳修写了一千多字。尹洙的古文修养极高，只写了五百字。欧阳修很佩服，请教尹洙，经过他指点后重写，内容、用字更加精粹，仅三百六十余字就完成。尹洙大为惊叹，逢人便夸欧阳修的文章进步很快。欧阳修从此抛弃当时通行的华而不实的文体，日后文名更超越尹洙，被明末茅坤选为唐宋八大家之一。

欧阳修写的散文内容充实，文气充沛，平易自然。他外放到安徽滁州当太守，写《醉翁亭记》的时候，起初描写滁州四面的山时用了“环滁四面皆山，东有乌龙山，西有大丰山，南有花山，北有白米山”等一大串文字。经过一番斟酌，全部删除。只写“环滁皆山也”五个字，便极其精准地概括了滁州四面环山的特点。

但他也不是一律减少用字，有时考虑文章的节奏与音律，反而刻意加字。他为宰相韩琦在故乡相州修建的昼锦堂所写的《昼锦堂记》中原本写：“仕宦至将相，富贵归故乡。”送出后，又立刻派人快马追回，声明前稿有瑕疵。韩琦再三核对，发现他在文章开头“仕宦”“富贵”后面，各添了一个“而”字，变成“仕宦而至将相，富贵而归故乡”。[12] 读起来语气由急促变为舒缓，音韵和谐，增添抑扬顿挫的音乐美。

欧阳修经历仕途的贬谪，在岁月的磨砺中愈来愈成熟。[13] 他年轻时虽然喜爱吃喝玩乐，写下许多艳词宣泄情感，但写诗文的态度一向认真。当时的文风浮华淫巧、险怪奇涩，欧阳修则大力主张“文以明道”，用通达平易的古文来阐明真道。他很想改变风气，就在主持录取官吏的全国性考试时，勇敢地改革北宋诗文，成为宋代古文运动的文坛领袖。

欧阳修是提携苏轼的恩师，苏轼一生感念他，称赞欧阳修在仁宗、英宗、神宗三朝为官，改革古文，隽永的文章成为百代学子的老师。[14]但苏轼生得太晚，没看见恩师欧阳修年轻时，也是个写得一手艳词，以词免去责罚又得金钗的多情种子呢。

注释：

1. 参考黄升:《花庵词选》，卷一。“唐词多缘题所赋,《临江仙》之言水仙，亦其一也。”
2. 参考邵博:《邵氏闻见录》，卷十九。
3. 欧阳修:《归田录》，卷二。欧阳修说钱惟演是“生长富贵，而性俭约，闺门用度，为法甚谨”“官兼将相，阶、勋、品皆第一”。
4. 参考毕沅:《续资治通鉴》，卷三十九。“钱惟演留守西京，修及尹洙为官属，皆有时名，惟演待之甚厚。修等游饮无节，惟演去，曙继至，数加戒敕，常厉色谓修等曰:‘诸君知寇莱公晚年之祸乎？正以纵酒过度耳。’众客皆唯唯，修独起对曰:‘寇公之祸，以老不知止耳。’曙默然，终不怒。”
5. 参考陈师道:《后山谈丛》，卷三。“文元贾公居守北都。欧阳永叔使北还，公预戒官妓办词以劝酒，妓唯唯。复使都厅召而喻之，妓亦唯唯。公怪叹，以为山野。既燕，妓奉觞歌以为寿，永叔把盏侧听，每为引满。公复怪之，召问，所歌皆其词也。”
6. 参考苏轼:《六一居士集叙》,《苏轼文集》，卷十。

7. 参考曾慥:《乐府雅词·序》,“乃小人或作艳曲，谬为公词。”又有王灼:《碧鸡漫志》，卷二,“欧阳永叔所集歌词，自作者三之一耳。其间他人数章，群小因指为永叔，起暧昧之谤。”

8. 参考赵翼:《廿二史札记》，卷二五。

9. 参考李焘编撰:《续资治通鉴长编》，卷二。

10. 参考葛立方:《韵语阳秋》，卷十五。梅尧臣:《宛陵集·次韵和酬永叔》，卷十九。

11. 参考李静:《欧阳修艳词写作动机新解》，见《词学》，二七辑。

12. 参考潘永因编:《宋稗类钞》，卷五。

13. 欧阳修:《欧阳修全集·答孙正之第二书》，卷六九。“仆知道晚，三十年前，尚好文华，嗜酒歌呼，知以为乐，而不知其非也。及后少识圣人之道，而悔其往咎，则已布出而不可追矣。”

14. 苏轼称欧阳修“事业三朝之望，文章百世之师”。出自《苏轼文集·贺欧阳少师致仕启》，卷四七。

老婆大人怒气消，模范家庭看这里

步帐摇红绮。晓月堕，沉烟砌。缓板香檀，唱彻伊家新制。怨入眉头，敛黛峰横翠。芭蕉寒，雨声碎。

镜华翳。闲照孤鸾戏。思量去时容易。钿盒瑶钗，至今冷落轻弃。望极蓝桥，但暮云千里。几重山，几重水。

——张先《碧牡丹·晏同叔出姬》

明月西沉，房间内香烟袅袅，你家的侍儿走出红色的帷幕，手拿起檀板，轻缓地唱遍你写的每首新词。她的眉头深锁，心中有怨，窗外寒冷，滴在芭蕉上的雨声细细碎碎。

现在尊夫人将她赶出门去，连她化妆的镜子都被冷落。她孤零零一个人，顾影自哀。你打发人家走是多么简单容易啊。甚至连她的化妆盒和钗钿都被抛弃。现在她已经走远了，再也难寻。眼睛所看到的只是蓝桥远处，以及千里沉霭的暮云。试问你和那位侍儿，现在又隔了几重山、几重水呢？

宋代社会一夫多妻妾，争宠是常有的事。汴京城有两位负责管理漕运的官员，一个是吕撂，一个是吕正己。吕正己的妻子以凶悍出名，连皇帝都知道。吕撂家的歌姬很多，有一天约吕正己通宵畅饮。吕正己的妻子很生气，爬过墙破口大骂。吕撂的儿子听得烦，用弹弓弹碎了她的花冠。这件事惊动了孝宗，结果两个人都丢了官。[1]

虽然宋代男尊女卑，但很多士大夫还是很怕老婆。宋真宗时的宰相王钦若，因为长得矮小，颈上又有疣，当时的人都称他为“瘿相”。[2]他虽位极人臣，却很怕老婆。他妻子性格剽悍又爱吃醋，常常对王钦若拳打脚踢。别说娶小老婆，连家里的用人都不敢用女的，惧内的名声满朝皆知。

如果家中养的侍儿太伶俐，讨人怜爱，让老婆感到压力，惹得老婆不开心，同样很危险。

这首《碧牡丹》的词和曲，都是张先创作的。张先和柳永一样精通音律，他会创作曲子，词集也按照宫调编排，“以歌词闻于天下”，当时只有柳永有本事与他较量。

张先在晏殊担任礼部主考官时，和欧阳修同榜考中，与晏殊是师生关系，但其实张先年长晏殊一岁。晏殊当西安太守时，特别聘请张先为通判（即副首长）。晏殊的词集《珠玉集》，书序也是张先写的[3]，这是宋人词集中最早的一篇序文。晏殊举办宴会时，常唱张先写的词。

张先为什么会创作《碧牡丹》这首歌呢？

原来，晏殊家里新来了一位容貌出众、能歌善舞的侍儿，很受晏殊宠爱。晏殊每写一首新词，总让这位侍儿先唱上几遍，等张先来了再唱给他听，因此给张先留下美好的印象。[4]

后来这位侍儿得罪了晏殊的妻子王夫人，被王夫人赶出家门。此事对晏殊来说稀松平常，反正官高位尊，再寻一位漂亮又能歌善舞的侍儿还不容易？

但是，与此事没有直接关系的张先，态度却完全不同。张先到晏殊家饮酒，不见侍儿出来唱歌，一问之下知道了事情的经过。他当场就创作这首《碧牡丹》词，令歌妓唱了几遍，歌词打同情牌，描写侍儿被赶出去后孤零零一个人，顾影自怜，并告诉晏殊不用怕老婆，勇敢珍惜自己所爱。甚至还开晏殊的玩笑说："你打发歌妓走是很简单，但是以后谁来唱歌呢？"

张先的歌，唤起晏殊对侍儿的情思与回忆，晏殊感动得流下了眼泪。他自省实在不应该太怕老婆，轻易就把侍儿打发走，于是马上派人去赎回。

侍儿果真回来了，在酒宴上，晏殊说："你能回来，可多亏了这位张通判，还好他写下这样一首感人的词，你看看，就唱唱它吧。”侍儿拿起了拍板，含着眼泪，唱起这首《碧牡丹》。

王夫人听了这首词，想到丈夫这么喜欢她，连张先都写词调侃，便不敢责怪侍儿，吃她的醋了。

张先原本就是个风流种，他曾经与小尼姑私下幽会，临别时写了《一丛花》词来抒发自己的情怀“无物似情浓”。[5]张先认为世间万物没有什么比爱情还要浓郁，两人相爱就要在一起。他连无法恋爱的小尼姑都要珍惜，坚信世上没有什么势力可以拆散相爱的两人。

张先是一位情词高手。他有名的三首词里都有“中”字，因此别人称他为“张三中”。但他自认另外三首含有“影”字的词更好，喜欢人家叫他“张三影”。[6]

张先有一颗年轻热情的心，八十岁还娶了一个只有十八岁的妾。有一次在家宴上，张先春风得意写下一首诗：“我年八十卿十八，卿是红颜我白发。与卿颠倒本同庚，只隔中间一花甲。”爱开玩笑的苏轼也即兴附和一首：“十八新娘八十郎，苍苍白发对红妆。鸳鸯被里成双夜，一树梨花压海棠。”诗中以梨花颜色是白的，比喻白头老翁张先；海棠红艳，形容娇艳欲滴的美妾，戏谑他老夫配少妻。

张先因词太红，而得到两个雅号，“云破月来花弄影郎中”（即司长）以及“桃杏嫁东风郎中”。

宋祁当上工部尚书时，特地拜访张先，并派人先行通报：“尚书想见云破月来花弄影郎中。”[7]后来张先曾任职的浙江嘉兴官署，还特地在他写“云破月来花弄影”的地方，修筑了一座“花月亭”。[8]

另一个雅号“桃杏嫁东风郎中”是欧阳修送他的。因为张先曾写《一丛花》词，其中有句“伤高怀远几时穷？无物似情浓”“沉恨细思，不如桃杏，犹解嫁东风”，意思是说，与其没完没了苦苦思念着远方的心上人，还不如桃花、杏花，它们还能嫁给东风，随风飘去。

这首词非常流行，连欧阳修都很欣赏。有一次张先因事拜见欧阳修，欧阳修原本不认识他，一听说张先来了，忙迎上去说：“原来是桃杏嫁东风郎中来了，真是相见恨晚呀。”[9]

张先存词一百七十多首，词集就叫《张子野词》。他活到八十九岁，是个长寿的词人。他在词坛上最大的贡献，是使词的形体从简单的、篇幅较短、有如酒令的小令，逐步发展到节奏缓慢、字数较多、较难写的长调。如此一来，词中可以尽情描写都市生活，以及男女恋爱的心理刻画。

词此前都是男性文人写给歌妓唱的，所以歌词得假托女性的身份、口吻，词中第一人称都是女性，因此被称为“男子作闺音”。但是到了张先，以男性生活为题材的作品逐渐增多，扩展了词的写作范围。如他的《苏幕遮》：“莫讶安仁头白早。天若有情，天也终须老。”就是以第一人称男性的口吻，诉说与歌楼美人的分别使自己饱经风霜，连晋朝第一帅哥潘安的头发都白了，老天如果有情，看到人们常常离别，一定也会衰老的。后来，柳永就在张先的基础上，也用第一人称男性的口吻来写相思别情，或用长调来写浪游他乡的离愁。

注释：

1. 参考张端义:《贵耳集》，卷下。
2. 参考脱脱:《宋史·王钦若传》，卷二八三。
3. 参考黄升:《唐宋诸贤绝妙词选》，卷三。
4. 参考不著撰人:《道山清话》。“晏文献公为京兆，辟张先为通判。新纳侍儿，公甚属意。先字子野，能为诗词，公雅重之。每张来，即令侍儿出侑觞，往往歌子野所为之词。其后，王夫人浸不容，公即出之。一日，子野至，公与之饮。子野作《碧牡丹》词，令营妓歌之，有云‘望极蓝桥，但暮云千里。几重山，几重水’之句。公闻之，怃然曰:‘人生行乐耳，何自苦如此？’亟命于宅库支钱若干，复取前所出侍儿。既来，夫人亦不复谁何也。”
5. 参考杨湜:《古今词话》，见《词话丛编》，册一。
6. 参考《古今诗话》:“有客谓张子野曰:‘人皆谓公张三中，即心中事、眼中泪、意中人也。’公曰:‘何不目之为张三影？’客不晓。公曰:‘云破月来花弄影’‘娇柔懒起，帘幕卷花影’‘柳径无人，坠轻絮无影’，此余生平所得意也。”
7. 参考胡仔:《苕溪渔隐丛话》前集，卷三七。
8. 参考柳琰纂修:《嘉兴府志》，卷三。
9. 参考范公偁:《过庭录》。

老臣回春，从甘肃唱回朝廷

霜天清晓。望紫塞古垒，寒云衰草。
汗马嘶风，边鸿翻月，垄上铁衣寒早。
剑歌骑曲悲壮，尽道君恩难报。
塞垣乐，尽双鞬锦带，山西年少。

谈笑。刁斗静。烽火一把，常送平安耗。
圣主忧边，威灵遐布，骄虏且宽天讨。
岁华向晚愁思，谁念玉关人老。
太平也，且欢娱，不惜金尊频倒。

——蔡挺《喜迁莺》

在秋天的清晨，我步出帐外，晓色中隐约看见边塞古垒和寒云下的枯草随风摇曳。战马在北风中嘶鸣，边域的鸿雁在月色下翻飞，更添悲壮。戍守边疆的士卒穿着战衣，感受清晨的寒意。他们骑着马、唱着悲壮的军歌，也唱出君恩的浩大。这些山西少年佩戴着甲胄、弓袋等装备，深刻感受到从军守边的快乐。

谈笑之间，天色渐亮，军队虽佩挂行军的装备，但都安安静静。点燃的烽火，常传递平安的信息。从容间就能破敌立功。圣君虽担忧边关守备，但君威远播遥远的边地，国君并非采用战争攻打来镇压骄寇，而是以怀柔的政策，用仁义去感化他们，使他们臣服。而自己一年又一年驻守边关，又有谁想到我这长期戍守玉关的武将已经年老呢？只能自我安慰现今是太平盛世，暂且尽情享受欢愉，醉倒在金樽旁。

同样唱了一首歌，有的人被笑“穷塞主”，有的人变成皇帝身边的红人。范仲淹守卫边疆好几年，军纪严明，羌族不敢来犯。当时的歌谣唱道：“军中有一范，西贼闻之惊破胆。”他的《渔家傲·秋思》词，反映防守边塞的艰苦，以及士兵思乡等复杂矛盾的心情，却被欧阳修嘲笑为“穷塞主”。[1]

另一位防守甘肃平凉的老将，本来被朝廷遗忘，没想到他高歌一曲后，赢得皇帝欢心，竟然就唱回了朝廷当官。能唱出一首好歌，真是太重要了。

蔡挺是个英勇的武将。他当甘肃太守时，屡屡击退西夏，戍守边境。有一回，西夏又来犯，蔡挺下令全员进入城内，不得出兵应战，并在护城壕中布满了铁蒺藜，西夏军兵多被铁蒺藜所伤。西夏围攻大顺城三天后，仍然一无所获。蔡挺派八百名弓箭手埋伏在城外，西夏首领李谅祚中箭，只好撤离大顺城，大顺危机解除。

日后西夏又来侵犯，陕西地区的军队无力抵抗，蔡挺派遣张玉率领万余兵马前往救援，顺利解危之余，也平定了甘肃军队的兵变。[2]

宋神宗即位后，派蔡挺到平凉当太守。他开辟柳湖，种植好几千株柳树，夏天很多人在这里避暑。[3]他治军同样有方，每次甲兵练习时，都当作西夏来攻打时那么认真，因此屡屡打败西夏。虽然蔡挺这么卖命保家卫国，朝廷却好像视若无睹，很轻易地把他遗忘了。

决定自力救济的蔡挺在初冬夜晚，在官舍里摆下酒席，神情激昂地高唱这首《喜迁莺》。

词的上片写出了士卒不以防守边疆为苦，而是以能够报国忠君为乐，彰显他们高昂的斗志。下片则写军队防卫的严密。

词中为何特指“山西年少”？这是用了《汉书·赵充国传》里“秦汉以来，山东出相，山西出将”的谚语。因为山西在太行山以西，靠近边疆少数民族，民风剽悍尚武，熟悉战事。词中一方面描述太平时期边境平静，长久戍守在穷荒边塞，守将无法发挥才能建功立业，只能喝酒排遣感伤情绪的境况，另一方面又生出年岁已高却无法回家、年华空逝的叹息。

蔡挺写完这首《喜迁莺》后，闲步后花园，拿给儿子蔡朦看。蔡朦看完后放入衣袖里，走着走着不小心掉在路旁。事情真是巧，这首词刚好被老门房捡到。老门房不认识字，交给办文书的小吏查看，刚好郡里的歌妓花魁与小吏有交情，小吏就顺手交给她。

碰巧，朝廷派了太监替神宗巡视各地，慰劳士兵。蔡挺特意摆宴席为太监洗尘，歌舞表演时，拿到那首词的花魁，就在酒席上高唱这首歌。蔡挺听到自己遗失的词竟然在这种情况下被唱出来，非常生气，打算把这些人全关进监牢。歌妓们哀求朝廷来的太监帮忙让蔡挺息怒。太监帮着求情，蔡挺只好叫花魁继续唱。

太监巡视完毕后，把歌的原稿带回了朝廷，宫女们只看到词中“太平也”三个字，觉得必是好歌，于是争相传唱。歌声响遍后宫，神宗听到后，询问这首歌的来由，才知是老臣蔡挺所作。

宋神宗想到老臣的辛苦与忠心，马上写信给蔡挺：“玉关人老，朕甚念之。枢管有阙，留以待汝。”意思是，你戍守边关劳苦功高，当国君的我，心里很挂念，朝廷正有缺，已经帮你留好位置，等候你归来。

信马上送到蔡挺手里，没多久就任命他为枢密副使。神宗的亲笔信还被珍藏在蔡挺孙子蔡稹的家中。[4]

不过也有人说，这是蔡挺预先设计好的。[5]据说他把自己的心意写入词里，趁神宗派使者来到平凉时，安排歌妓唱出来，以便向神宗传达心意。

以上两种说法，一个说蔡挺不小心丢了歌词，被小吏捡走，交给花魁，才无意中唱出边塞生活的艰辛。另一个却说蔡挺城府深，会耍心机，还说他在富弼、范仲淹门下当幕僚时，曾多次将他们的秘密泄露给宰相吕夷简，可以推测是他蓄意安排，请歌妓唱出自己的郁闷与期望。

不管如何，唱了这首歌，歌词中有“太平也”，一面拍皇帝马屁，说皇帝治理天下成为太平盛世，使得龙心大悦；一面又说“玉关人老”，一个忠心耿耿的老将，即将老死边疆，激起了神宗的关爱与同情。最终，蔡挺回到朝廷，还升了官。歌写得好，前途果然灿烂。

注释：

1. 沈雄:《古今词话》，卷上。见《词话丛编》，册一。
2. 参考脱脱:《宋史·蔡挺传》，卷二八四。
3. 赵时春编修:《平凉府志》，页七三九。“植柳数千株，绿阴成林，湖光可掬，夏日人多避暑于此，旁有柳亭。”
4. 参考王明清:《挥麈余话》，卷一。
5. 参考脱脱:《宋史·蔡挺传》，卷二八四。

破天荒头一遭！爱妾奉命陪出差

锁离愁，连绵无际，来时陌上初熏。
绣帏人念远，暗垂珠泪，泣送征轮。
长亭长在眼，更重重、远水孤云。
但望极楼高，尽日目断王孙。

消魂。池塘别后，曾行处、绿妒轻裙。
恁时携素手，乱花飞絮里，缓步香茵。
朱颜空自改，向年年、芳意长新。
遍绿野，嬉游醉眠，莫负青春。

——韩缜《凤箫吟》

记得刚来时，阡陌上芳草连绵无际，散发出淡淡幽香，可是好景不长，此刻我们面临着分离。佳人暗自垂泪，低泣着送别要出征的我。我独自启程，走过一个又一个长亭，路途邈远，而芳草愈走愈多，远望不绝的流水和孤云仿佛相连，出征之人真是孤苦、寂寞。家中的佳人只能独自站在高楼上，极目远望，仅看到漫无边际的春草，却看不到远行的爱人。

自古以来，离别最叫人伤心。记得当初曾与佳人一起悠游池畔，连春草都嫉妒佳人的绿裙与佳容。那时我牵着她纤细的手，漫步在长满香草的路上，只见恣意绽放的春花和飞舞的柳絮。回想以前的美好，更感到今日的悲凄。花草年年吐出嫩芽，芳意更新，佳人却逐渐老去，物是人非的伤感涌上心头。在这绿意蔓延的春日里，自应当嬉戏游玩、悠然醉眠，而不是愁苦不堪，辜负青春。

因为使臣要代表国家谋取最大的利益，宋代朝廷派遣出使人选时，常多方考虑，除了家庭背景、身体条件、个人性格、才能、言行举止，以及官职是否恰当之外，也会考虑是否担任过使节，以此判断适任程度。

宋仁宗曾派宰相陈执中出使辽国，但因谏官上奏他为了宠妾张氏，鞭笞婢女致死，最后改派欧阳修出使。

然而，韩缜只唱了一首歌，就博取皇帝的特别恩宠，还破天荒同意他携带小妾出使西夏，这就是被选入《宋词三百首》的《凤箫吟》。果真，什么时候唱什么歌很重要。

神宗初年，西夏派人来商议勘划河东地界。此时担任知枢密院事（即中央军事部门负责人）的韩缜负责谈判和勘察，要与西夏特使一起去会勘边界。临行前，韩缜与爱妾刘氏喝酒话别，畅饮通宵，两人依依不舍，刘氏作了一首《蝶恋花》送行：

香作风光浓著露，正恁双栖，又遣分飞去。

密诉东君应不许。泪波一洒奴衷素。[1]

爱妾在这首歌里哀怨春光明媚，露水含草香，两人却要分离，从此不知打扮为谁。韩缜因此写了《凤箫吟》响应小妾，说春天应该浅醉闲眠，或携手踏春，如今竟然要离别，真不该辜负青春。词中的“王孙”，妙用了《楚辞》的“王孙游兮不归，芳草生兮萋萋”诗句。整首词借春草抒发别情，写佳人送别的难堪与凄苦。

这首词一写好，第二天就传入宋神宗耳中，速度之快实在惊人。仁慈的神宗体会到臣子远赴边疆谈判的焦虑，马上派兵将刘氏送到正前往边塞的韩缜身边，如此体贴不知羡煞多少人。

韩缜一开始也搞不清原因，过了许久才知道，原来自己写的歌发挥了惊人效力。写《石林诗话》的叶梦得解释道，神宗担心韩缜在边塞孤单，无法全力为国争取利益，因此送妾来伺候他。叶梦得还认为，“大概是因为皇上以恩泽对待臣子，虽是臣子的家庭私事，但这番体恤，让中外士大夫都想为国尽心尽力”[2]。

韩缜的同僚兼姻亲刘贡父知道此事后，觉得太荒唐、太离谱，写一首歌就有这种前古未有的恩泽，简直不可思议，马上写了一首绝句讽刺：

骠姚不复顾家为，谁谓东山久不归？

卷耳幸容携婉娈，皇华何啻有光辉。

刘贡父以汉代“骠姚校尉”霍去病的名言“匈奴未灭，何以家为”为例，指霍一生为驱逐匈奴，奋战边塞，无心顾及自己的家，韩缜一个要去谈判的人，却眷恋私情而忘记国事的重要性。刘贡父还借用《诗经·东山》“我徂东山，慆慆不归”的典故，写出征三年才归，虽然一路辛苦，但谁说东征会永久不归？而《诗经·卷耳》篇本写妻子怀念远方征夫，《诗经·皇华》篇则是称颂使臣，在这里都是讽刺神宗的恩宠过于荒谬。

韩缜这首词“盛传于天下”，得到皇帝的恩宠，当然名扬天下。我们很难想象一个要去谈判、讨论划分两国边界的人，面对如此严肃、重要的事，为何出使前一夜，不是心怀戒慎恐惧，努力研读数据，分析敌情并仿真推演，而是与小妾彻夜喝酒。昏聩的皇帝却恩准他带妾去逍遥，最终，谈判失败、丧权辱国是意料中的事。

读韩缜这首词会觉得他好像浪漫多情、温柔贴心，但其实韩缜是个性情暴虐、残忍、寡恩少情的人。

他当秦州（今甘肃）太守时，曾经宴客，命下属傅勍喝酒，傅勍喝醉后糊里糊涂跟着进了官邸，刚好与韩缜的侍妾擦身而过。韩缜知道后很生气，不顾念旧情，竟用铁裹杖锤死了傅勍，血溅满地。傅勍的妻子拿着丈夫的血衣，击鼓申冤哭诉，韩缜因此被降职。秦州人相传：“宁逢乳虎，莫逢玉汝。”意指宁可遇到幼虎，也不愿遇到残忍的韩缜（字玉汝）。

韩缜也是个贪享美食的人，每次宴客都要吃驴肠，但是驴肠不好煮，太烂或太硬都不好吃。只要驴肠煮得不合心意，韩缜就找厨师兴师问罪。厨师怕被打，想出残忍的一招，先把活驴绑在柱子上，等客人们喝酒时，用刀快速刺开活驴的肚子，取出驴肠，趁热洗净做菜，这样才脆美。为了消除罪孽，厨师们还会烧纸钱祭驴赎罪。[3]

韩缜的贪吃与他的文学素养好像不太相称。他在《全宋词》中只留下这一首《凤箫吟》，词中描述自己要与西夏讨论划分地界，路途遥远且责任重大，心中不免有压力；又要与心爱的小妾分别，"绣帏人念远，暗垂珠泪，泣送征轮"，小妾流泪相送，等他归来，真是辜负青春，也让他更加难过。神宗不希望这么重要的谈判有任何闪失，体贴韩缜一路孤单，担心他因为想念闺中人而分心，干脆送妾随行照料。

词填得好，奖赏比中大奖还意外。

注释：

1. 参考沈雄：《古今词话》，卷上，见《词话丛编》，册一。
2. 参考叶梦得：《石林诗话》，卷上。"盖上以恩泽待下，虽闺门之私，亦恤之如此，故中外士大夫无不乐尽其力。"
3. 参考洪迈：《夷坚志》，丁卷一。

改编歌曲秀实力，扬眉吐气受重用

万缕青青，初眠官柳，向人犹未成阴。
据雕鞍马上，拥鼻微吟。
远宦情怀谁问，空嗟壮志销沉。
正好花时节，山城留滞、忍负归心。

别离万里，飘蓬无定，谁念会合难凭。
相聚里，休辞金盏，酒浅还深。
欲把春愁抖擞，春愁转更难禁。
乱山高处，凭阑垂袖，聊寄登临。

——张才翁《雨中花》

初春时节，杨柳青青，还未成荫。我坐在马上，低声吟咏，我这异乡游子在远处当官，心中的感怀无人关心。徒然感叹壮志一天天消磨下去。在这美好的花开时节，逗留在山城，又怎能忍心辜负想回家的心。

想到人生的别离，真叫人长恨，好像蓬草被风吹动，飘零不定，谁会想到人生的聚散根本毫无定数。所以当我们相聚时，就尽情喝酒，不用推却，酒还要愈斟愈满，喝个畅快。想抖掉春愁，振奋精神，但是春愁反而更多，更难消除。我只好站在乱山高处，靠着栏杆，垂下衣袖，寄托登临的心。

千里马都期望能遇到伯乐，被赏识、被重用，可偏偏伯乐不常有。《战国策》中有这样一个故事：千里马气喘吁吁地爬着坡，用力拉着盐车，伯乐心疼它，脱下自己的麻衣盖在马的身上安抚它。千里马感到被安慰、受重视，很开心，便发出金石般的嘶鸣声。

后来李白《天马歌》说："盐车上峻坂，倒行逆施畏日晚。"写社会上很多人不识人才，因此无法适才适用，就像让天马拖着盐车爬陡坡，白白遭受痛苦。韩愈的《马说》，除了表达怀才不遇的愤慨，更借机阐述统治者是否有眼光，才是决定人才能否为世所用的关键。

每个时代都有人发出人才不被重用的悲叹。宋代的张才翁曾经在四川掌管刑狱。他没什么知名度，甚至没人知道他的生卒年或其他事迹。但是他自认为有才学、有风韵，擅长写词赋。然而他不修边幅，举止又放纵，因此上司看不上他，更别说赏识了。张才翁为此闷闷不乐，却又无计可施。

张才翁的上司张公庠是个极其自负的人。他年纪很小就会写诗，又早早考中进士，只瞧得起达官贵人。他写过《道中》这首诗，半描半讽落榜士子神情恍惚、无精打采的情形：

一年春事已成空，拥鼻微吟半醉中。
夹路桃花新雨过，马蹄无处避残红。

东晋谢安的鼻子有毛病，所以说起话来声音低浊。当时士大夫仰慕谢安的才学，都用手掩住鼻子，学他的吟咏声调，称为“拥鼻吟”。第三、四句则是反用孟郊四十六岁登上进士榜时，所作《登科后》诗：“春风得意马蹄疾，一日看尽长安花。”讽刺那些科考士子，学谢安吟咏了半天却落榜，期待落空，穷忙一场。孟郊中进士后，春风得意，骑着马轻快地赏花，落榜士子却像被雨打过的桃花，是连马蹄都无法躲避、四处掉落的残红。

刚好在正月初七这天，郡守张公庠要带一些下属和歌妓，一起到成都城西边约三公里处的白鹤山郊游。白鹤山，因汉朝的胡安在此隐居得道，跨白鹤飞升而得名，是有名的佛教旅游胜地，景致优美。然而，他偏偏不让张才翁参加。

张才翁心里不满，决定想个高招，叫上司张公庠看重他。他找了熟识的官妓杨皎来帮忙，他对杨皎说：“老头儿到白鹤山看风景后，一定会激动不已，忍不住写些诗来抒发情感，你拿到诗一定要火速寄给我。”

果真，张公庠来到白鹤山，登上信美亭，看到层峦迭嶂，苍翠峻秀，心有所感，写下《晚春途中》诗：

初眠官柳未成阴，马上聊为拥鼻吟。
远宦情怀消壮志，好花时节负归心。
别离长恨人南北，会合休辞酒浅深。
欲把春愁闲抖擞，乱山高处一登临。

杨皎赶快把诗抄下来，寄给张才翁。张才翁一拿到诗，立马把诗檃栝为《雨中花》一词。所谓“檃栝”，是把别人的诗文内容或名句加以剪裁、改写，配合音乐创作出新词，同时讲究词体的声律、平仄、押韵。这种写作方法能展现学问，又可以卖弄技巧，在宋朝词坛里并不常见。

张才翁为了引起张公庠的重视，把一首吟咏的诗改为可以歌唱的词。词的上片写在远处当官的游子无人关怀，徒感壮志消磨，辜负归家的心。下片写长恨人生漂泊不定，容易别离，所以相聚时应尽情喝酒作乐，抖掉人生忧愁，并寄托登临之心。

歌妓杨皎很快就拿到了改编好的词。等张公庠回到晚筵座上，她就在旁边高唱起来。张公庠觉得很奇怪，明明是自己写的诗，怎么一下子变成可以唱的词？杨皎回答：“这是张才翁改编您的诗为歌词，刚刚寄过来，要我唱给您听的。”

张公庠这才发现张才翁的才华，因为要把诗改成可以唱，又合乎声律的词，得有如苏轼一般的才情，就此对张才翁另眼相待。

张才翁找到了在竞争激烈时代里的“向上之路”，他依靠自己的才能“写歌成功”。宋朝人重文轻武，诗词写得好就能得到重用。张才翁很清楚这一点。虽然长官不把自己放在眼里，但他没有自暴自弃，怨天尤人。一个真正有才能的人，就像口袋里的锥子，最终会显露出锋利的锥尖。张才翁等待机会，机会一来便脱颖而出。他的一首歌，让长官重视他，也让我们看到宋朝多么重视有写歌才华的人。

狡辩成功的机智歌王

居下位，常恐被人谗。
只是曾填青玉案，何曾敢作望江南。
请问马都监。

——王齐叟《望江南》

我官居下位，最怕别人的谗言谗语，您恐怕听信了别人说的坏话吧。我只是曾经吟写《青玉案》词，什么时候写过《望江南》呢？不信，您可以问问马都监。

王齐叟长得帅，个性豪迈，有气节，喜爱帮助人，平时最爱唱《望江南》词。他哥哥王岩叟在乡举、省试、廷对都考了第一，又称“三元榜首”，做人处事高风亮节，曾在朝中当副宰相，得到司马光、苏辙、吕公著等大臣、名士的高度评价。不过，王齐叟和哥哥不一样，他有点小聪明，口才好，又爱狡辩。

王齐叟在太原府做官时，自视甚高，谁都不看在眼里，闲暇无事，就写词宣泄内心的不满，写完《青玉案》后，又写了十多首《望江南》。《望江南》最初是唐代宰相李德裕为悼念亡妾谢秋娘所作，本名《谢秋娘》[1]。后来，白居易按照句格填写三首，因嫌名字不雅，改名《忆江南》。温庭筠曾作“梳洗罢，独倚望江楼”句，又名《望江南》。

王齐叟的《望江南》内容大多在讥讽自己的同僚，甚至还有太守。太守听闻，非常生气。同僚们也趁机说王齐叟的坏话，说他平时如何狂妄，背后对太守如何不恭敬。太守本来就不苟言笑，板起脸让人更生畏惧，他听说王齐叟的讥讽，非常不满，想找个机会好好修理他。

一天，众官员参见太守，拜见完毕，太守对王齐叟说：“你真是大胆！我听说你写了十多首《望江南》，都是在讽刺挖苦同僚，甚至连我也不放在眼里，难道你仗恃哥哥在朝中为官，认为没人敢惩治你吗？”王齐叟听到后，上前分辩：“哪里哪里，下官不敢。”然后不慌不忙从袖子里取出唱歌打拍子用的檀板，唱了这首他即兴创作的《望江南》作为回答。

词最后写道，太守您如果不信的话，就问问马都监吧。“都监”是官名，掌管城中军队的屯戍、训练等。当时马都监就坐在王齐叟旁边，一听到这话，吓得坐立不安，马上向太守辩解自己并不知情。太守见王齐叟思维敏捷，随口就创作出一首好歌，被他逗乐了，当场哈哈大笑，那些同僚也笑着走开了。为什么呢？原来王齐叟随口吟出的调子，还是一首《望江南》。

太守离开后，马都监一把抓住王齐叟说：“我真不知道你在搞什么鬼，你填词讽刺太守，干吗非把我扯进去？”王齐叟大笑说：“不好意思，兄弟我只是借你凑个韵脚罢了。”这一阵笑，一件本来要当众处罚的事也随之化解。

可惜王齐叟的幽默戏谑没有用在自己的婚姻生活上。他曾经娶舒氏为妻，舒女会写文章，也很有女德。但是王齐叟时常恃才傲物，个性鲁莽。有一次喝了酒，他无法控制脾气，和岳父起了口角。岳父是个武官，脾气倔强，他的举止让岳父无法忍受，气得把女儿带回家，最后竟然闹到二人离婚的地步。其实，夫妻俩刚结婚时，感情还算融洽。舒女住在娘家，常常怀念丈夫，有一天走在池塘旁，写下《点绛唇》：

独自临池，闷来强把阑干凭。旧愁新恨。耗却年时兴。

鹭散鱼潜，烟敛风初定。波心静。照人如镜。少个年时影。

舒女说自己靠着栏杆，独自面对池塘，心中浮起许多旧愁新恨，所以失去了散步的兴致。面对着水波，看见鹭鸶飞散、鱼儿游走，水面平静有如镜子般，可惜现在倒映在水中的影子，却少了丈夫。

舒女虽然想念王齐叟，但丈夫与父亲的恩怨化不开，所以不久后改嫁他人。在宋朝，离婚后改嫁是件容易的事，理学家程颐家中就有再嫁的妇人。而王齐叟离婚后，虽然孤单，仍然恃才傲物，愈来愈愤世嫉俗，狂放不羁。

一个人的个性会影响命运。因为处世不圆融，生活孤寂，没有人修正他的尖锐言行，王齐叟常常得罪人，因此在官场载沉载浮，仅活到三十九岁。他一生没做过什么大官，词作更是亡佚，《全宋词》中只存这首《望江南》，还有另一首失去调名的词。

注释：

1. 参考段安节:《乐府杂录》。

这女人了不起，一首歌让自己从良出嫁

玉惨花愁出凤城。莲花楼下柳青青。
尊前一唱阳关后，别个人人第五程。

寻好梦，梦难成。况谁知我此时情。
枕前泪共帘前雨，隔个窗儿滴到明。

——聂胜琼《鹧鸪天·寄李之问》

等你离开凤城时，我的心也会跟着离去。虽然为你饯行的莲花楼下，那柳树青翠依依，但是我住的玉楼却黯然失色，连花朵也感到悲愁。我举杯为你唱一首送别的《阳关曲》，伴你走过一程又一程，但李郎你早已“隔蓬山一万重”，不知到何处去了。

真希望能和你在梦中相会，但是好梦又很难寻成。有谁能体会我此时的情意？无依无靠，想念着你。我只有在枕上默默流泪，而窗外也飘着细雨，一直到天明。

唱一首歌，原本只是倾诉和情人离别时那难分难舍的伤感，没想到歌词太动人，引发同情，打动大老婆的心，就把自己给嫁掉了。

宋朝的歌妓分很多种，有官妓、家妓、私妓。官场应酬宴会时，由于朝廷官员不能到民间青楼，只能召官妓侍候，官妓不仅要姿色出众，还要能迎合文官们的需求，诗书琴画茶棋酒皆通，才能与官员唱和。

家妓是主人的财产，专门伺候主人，或在家宴时取悦宾客。在名义上，家妓是贱民，可以像货物一样买卖。

私妓就是青楼女子，她们大多是因父母犯罪被抄家，被迫沦为娼妓，也有的因家贫被卖给青楼，或者误入风尘。这些歌妓有三条出路：一是年老色衰后遁入空门；二是再去买个小女孩，传授全部才艺，以后的日子全靠她；三是“门前冷落车马稀，老大嫁作商人妇”，给人当妾。面对未来，她们其实承受着许多压力。

北宋汴京城的名妓聂胜琼资性慧黠，美貌多情，又很会伺候人。无名小子李之问在长安做官期满，等待重新安排官职时，放松心情逛到青楼，认识了聂胜琼，进而相爱，开始了甜蜜的生活。李之问应该还算帅气体贴，否则名妓聂胜琼不会对他动心。

家人写信催李之问回家。李之问要离去时，胜琼在莲花楼为他饯别，唱了首哀怨的词，最后一句是："无计留君住，奈何无计随君去。"人家有更好的前途，自己实在想不到什么好方法留住他，更没有名分跟着他远走天涯。胜琼泪眼汪汪，楚楚可怜。李之问离情依依，两人难分难舍。

在聂胜琼多次挽留下，李之问又住了一个多月。他的妻子在家里很纳闷，为什么新的任命已经下来那么久了，丈夫却一直逗留京城，还不赶快回家接眷属上任？于是一直写信，一直催促，李之问不得不和胜琼分别。聂胜琼太想念他了，没过几天就寄来一首《鹧鸪天》，唱诉自己的一往情深、无依无靠与相思之苦。

李之问在半路上收到词笺，虽然很伤感，也很想念她，却无可奈何。他早有妻室，也无力为聂胜琼这样的名妓赎身，只得把这一纸词笺偷偷收藏在书箱底下，把这份感情埋在心底，当个情场上的负心人。

他回到家之后，闷闷不乐。妻子想不通为何夫君已经升官，却不开心，最后从他的书箱里找到这首词。李之问只好坦白承认，的确结识了青楼中的红粉佳人。

宋代的女子基本上都很顺从丈夫，在南宋的理学教导下更是男尊女卑，丈夫就是妻子的天。丈夫既然为一个歌妓神魂颠倒，妻子最好成全他。李之问的妻子是个知书达礼的人，也爱胜琼写的清美词句，几经考虑后，变卖嫁妆筹钱，到京师为丈夫娶回了胜琼。聂胜琼非常感激李妻的包容和仁厚。嫁到李家以后，洗净铅华，恭顺地服侍李妻，专心做侍妾，以报答李妻的救拔之恩，一家过得和乐融融。[1]

这是歌妓中少有的团圆结局。宋代歌妓大多家贫或身世凄凉，在欢场上要陪笑，取悦客人，有时也会被欺凌、虐待。她们都在寻找一个可以托付终身的对象，可是遇到的人不是脑满肠肥，就是逢场作戏、不负责任。如果真的遇到让自己幸福快乐的人，谁也不愿意继续在青楼卖唱，宁可跳出火坑，嫁为人妾。然而打开词史，歌妓渴望爱情，从良作妾后的际遇，往往少有幸福，实在令人心酸。

注释：

1. 杨湜：《古今词话》，见《词话丛编》，册一。《青泥莲花记》和冯梦龙的《情史》中也有记载。

扭转局势，救自己出监牢

烟霏霏。雪霏霏。
雪向梅花枝上堆。春从何处回。

醉眼开。睡眼开。
疏影横斜安在哉。从教塞管催。

——吴淑姬《长相思令》

天上烟雾迷蒙，还飘着霏霏小雪。枝头上的梅花堆满皑皑白雪，春天到底会从哪里回来?

朦朦胧胧张开睡眼，朦朦胧胧翻开醉眼，到那时美丽的梅景还在吗？一树梅花，任凭羌笛声把它催落了。

在宋朝，歌妓的身份属于贱民，专门取悦别人，而且常被玩弄，大部分歌妓的命运都很悲惨。

南宋杭州名妓苏小娟，又名苏小小，不仅人长得美，而且很会写诗。她姐姐苏盼奴与太学生赵不敏相识相知。赵不敏家境贫苦，全靠盼奴供应生活费才考取进士，分配到襄阳府担任司户，负责掌管户口。两个相爱的人，迟迟无法结为连理，因为盼奴没有脱除歌妓的户籍，不能从良，而脱籍要办手续，还要巨额的赎身费。赵不敏当官三年，仍没有足够的钱为她赎身，只能分隔两地，相思成疾而逝。临死前，他交代弟弟赵院判将一部分遗产分给盼奴，并说弟弟可与盼奴的妹妹小娟结婚。

赵院判派人去寻找盼奴，回报说："苏盼奴已在一个月前去世，妹妹苏小娟也因为姐姐的案子受到牵连，押在牢里。"原来是於潜县的商人挪用官府的绢帛去嫖娼，被人告发，牵连盼奴，又连累小娟。官府判案时，苏小娟陈冤，说明姐姐的冤枉，以及自己被连累，求大人明察。

官府的判官问她："认识襄阳赵不敏司户吗？"小娟回："赵

司户未做官时，与家姐苏盼奴感情深厚，考中科举后被朝廷派到襄阳做官，两人无法成婚，家姐相思成疾而死。”判官说：“赵司户也已经离开人世，他的弟弟赵院判派人送来一封信，你拆开吧。”苏小娟读到诗：

当年名妓镇东吴，不好黄金只好书。
借问钱塘苏小小，风流还似大苏无？

诗中称赞苏小娟名扬东吴，只喜爱读书不爱黄金，请问小娟的风流还像大苏（双关语，既指苏轼，也指苏盼奴）一样吗？小娟得诗后，沉默不语。判官说：“你如果能当场和诗，就判无罪，否则立即偿还官绢。”小娟不得已，写下：

君住襄江妾住吴，无情人寄有情书。
当年若也来相访，还有於潜绢也无？

诗中说，突然接到一个住在襄阳的陌生人，寄来的一封充满情意的书信，心中倍感温馨。可是现在才来找人也太晚了些，如果早点来，哪会发生於潜县的陷害呢？这首诗展现的才华，让苏小娟赢得官司，也赢来幸福。判官不但帮助她脱离了乐籍，还成全了她与赵院判的婚事。[1]

类似的故事同样发生在命运不顺的吴淑姬身上。

吴淑姬是南宋浙江吴兴人，根据洪迈《夷坚志》的说法，她父亲是个秀才，家中贫穷，但她貌美、聪慧又懂吟诗唱词。她由父母做主，许配给邻村的秀才，但还未过门，秀才就病重，不久竟一命呜呼。一年后，父母为吴淑姬说了另一门亲事，男方是位富家子弟。吴淑姬此时心意阑珊，糊里糊涂就答应了。

不料过门后，她发现丈夫是个纨绔子弟，成日拈花惹草，还对她拳打脚踢。吴淑姬想到自己爱好诗文，竟然嫁给这种俗气粗鄙的丈夫，鼓起勇气提离婚。但丈夫坚决不同意，最后还把她关起来，并告上官府，诬赖她不守妇道与人偷情。吴淑姬因此被捕入狱，还被判了刑。

有人看不下去，向郡守揭发富家子弟的奸淫恶行。阔少欺压陷害地位卑微的贫家女，这个案子轰动一时。当地官员都很关心，相约旁听。开庭时官员还准备了酒，并让她坐到席上。吴淑姬风采迷倒众人，实在是我见犹怜。

官员先对她说："早听说你的文采非凡，如果今天你能即兴作一首自咏的好词，我就把你的冤情转告太守。或许能为你开脱罪名，还你清白之身。否则你的处境会很危险。"随后命令狱卒打开她身上的枷锁，并给她喝了一点小酒。

当时刚好冬末雪融，寒梅怒放，春日将到，官员给吴淑姬的词题，就是要她用此情景写成一首《长相思令》。她一提笔，立刻写成：

烟霏霏。雪霏霏。雪向梅花枝上堆。春从何处回。

醉眼开。睡眼开。疏影横斜安在哉。从教塞管催。

上片连用“霏霏”叠字，委婉表达内心的渴求，期待获得自由。但残雪堆积在梅枝上，压得人透不过气来，叫人怀疑春天是否还会再来。如此恶劣的气候也暗指自己所处的恶劣环境，无人可依靠，任人欺凌，何等黑暗。

下片以李白的“黄鹤楼中吹玉笛，江城五月落梅花”和孙舣《菩萨蛮·落梅》“一声羌管吹呜咽，玉溪夜半梅翻雪”，呐喊着既然一切不实指控排山倒海而来，玷污我的冰清玉洁，又扭曲我的形象，那就任凭它们欺压霸凌，直到我如梅花般凋落、死亡为止吧。表达了渴望洗刷不白之冤的心情。

隔天，官员上报当时的湖州太守王十朋，王十朋马上释放了她。尽管吴淑姬聪明貌美又有才华，但在当时重礼教的社会中，一个被玷污的女人，没人肯明媒正娶。吴淑姬最后被卖给周家做小妾，让人感叹命运的不幸。[2]

写《唐宋诸贤绝妙词选》的黄升称赞吴淑姬聪慧，是“女流中黠慧者”，填词的能力不输李清照。[3]可惜她的词集已经散佚，《全宋词》仅收四首。

吴淑姬的才名，直传到清代。据说清朝末年，广西鹿寨县马村有个叫马良的书生，外出访友，天黑了才回家，路上遇到滂沱大雨，就近借宿莫家。莫家原是大户人家，懂得几句诗文，以附庸风雅为乐，便与马良对答诗文。莫公的女儿隔窗听得一清二楚，对马良的机敏、才情起了爱慕之心，走出房门要求与马良对句。她说："杜诗汉名士，非唐朝杜甫之杜诗。"马良立即对道："孟子吴淑姬，岂邹国孟轲之孟子。"

杜诗是东汉光武帝时的南阳太守，是当时的名士。孟子指的是宋代的文人吴淑姬，而不是亚圣邹国孟轲。[4] 从两人的对句可知，直到清代，吴淑姬的才名仍在传播。

吴淑姬靠着写歌的智慧，为自己申冤，把自己从监牢中救了出来。苏小小则靠一首诗赢得官司，赢来自己的幸福。一首词、一首诗就可以扭转局势，再次让我们看到了诗词在宋代的地位。

注释：

1. 参考处囊斋主人辑:《诗女史纂》，卷十一。
2. 参考洪迈:《夷坚支志·庚集》，卷十。
3. 参考黄升:《唐宋诸贤绝妙词选》，卷十。"淑姬，女流中黠慧者，有词五卷，名《阳春白雪》。佳处不减李易安。"
4. 参考苏者聪:《宋代女性文学》，页二五四。

救下黥面爱妓，有情人终成眷属

鬓边一点似飞鸦。莫把翠钿遮。
三年两载，千捆百就，今日天涯。

杨花又逐东风去，随分落谁家。
若还忘得，除非睡起，不照菱花。

——某教授《眼儿媚》

你眉鬓间小小的刺字，黑得好像飞鸦一样，你不需要用漂亮的首饰去遮掩眉间的刺字。我们经过这两三年相爱相处的温存，情感甜蜜而坚定，如今却要分别，情何以堪?

你即将像杨花一般随风飘去，随意落在他人家中。我不会辜负对你的情爱，也不会忘记这笔仇债；我每天悲痛地喝酒，绝不会忘记你的含冤负屈。只要我照镜子，就会想念你。

有句话说："人生没有常胜将，欢场难见有情郎。"古人到欢场去，只是寻欢作乐，寻求慰藉而已，从没打算娶歌妓回家当老婆。鱼玄机的《赠邻女》"易求无价宝，难得有情郎"指的正是欢场无真情，也是无数歌妓的痛苦经验。

在唐代，年轻人的三大恨事是"没考中进士，没娶到五姓女（李、王、郑、卢、崔），没参与修国史"[1]。大多数人都很现实，也很功利，只想往高处爬。歌妓只是他们的玩偶，用来取悦自己，不是结婚的对象。宋人也一样，宋人中秋拜月所求的，主要有三：读书人"愿早步蟾宫"，科考高中；女孩子"愿貌似嫦娥"；已婚夫妇愿多生贵子。[2]

不管是唐人、宋人还是现代人，一生的心愿多在求考高分、做大官、发大财、娶美女，几乎没人祈求娶歌妓为正室。

宋朝末年的湖南士子陈诜，不一样。

陈诜参加科举考试被录用后，被派往岳阳当教官（学官）。学宫与乐营歌妓院只有一墙之隔，歌妓院里夜夜笙歌，弹琴鼓乐随风飘送，不断撩拨着陈诜孤单的心。

有一天，他乘着夜色，翻过围墙与妓女江柳寻欢作乐。江柳是红牌歌妓，妩媚温柔又体贴，很快就抓住了陈诜的心。两人相恋后，消息迅速传了开来。可是官府规定，官员不可以和官妓谈恋爱。

当时，抗金名将孟珙的长子孟之经是岳阳太守，这件事也传入他的耳中。有一天，官府宴客，红牌歌妓江柳没有前来伺候。孟之经很生气，心想："你和官员陈诜胡搞，已经违反了官妓与官员不准私通的规定，现在又胆敢不来陪宴伺候，俨然眼中没有主子。"

孟之经心中恼怒，想要报复，马上召唤江柳前来，以整顿风气为名，当着众客人的面，数落她的不是。严刑杖打后，命人在她的眉鬓间刺上"陈诜"两字，还打算把她押送到辰州（今湖南沅陵）乐营，拆散二人。

江柳的父母吓坏了，赶快到学宫责问陈诜："都是你害的，一个女孩子被发配到那么远的地方，从岳阳到辰州八百里路，如果没有盘缠，怎么去得了？"陈诜既痛苦又后悔，觉得都是自己的错。他变卖所有家产，连衣服都典当了，好不容易凑了一千贯钱，拿六百贯给江柳，剩下的四百贯贿赂押送吏卒，嘱咐他们一路上细心照顾江柳。他还写了情词《眼儿媚》表明自己的心意。

这首《眼儿媚》情深义重，表达了对爱情的执着与忠贞，发誓除非没有照镜子，否则不会忘记佳人。无奈社会不公平，不处罚官员，而是让底层的歌妓成为祭品，任人宰割。

本来两人的未来已经是一场分离的悲剧。女主角被黥面又流放远方，男主角却束手无策，叫天不应，叫地不灵。还好出现了贵人。

正当江柳要启程时，陈诜的老朋友陆云西，奉荆湖制置使（管理边防军务）贾似道的命令来岳阳征召兵将和粮草。陈诜听说老友陆云西到来，秘密迎接他，并告诉他有关江柳的事，期望陆云西伸出援手。陆云西随即拿出空白公文写成任命帖，填上陈诜的名字，送到荆湖制置使衙门，事先安插位置。

不久，太守孟之经设宴，盛情款待陆云西。酒席上，陆云西故意问："听说有位名叫江柳的乐妓很会唱歌，是哪一位啊？"孟之经只好叫江柳来唱歌助兴。江柳以花钿掩饰眉鬓间的刺字。觥筹交错之际，陆云西对孟之经说："能否把这江柳送给我呢？"孟回答："大人要，当然可以。"陆云西笑着说："你连一个陈诜都无法容忍，怎么肯送给我？"

孟之经一听到陈诜的名字就火冒三丈，开始数落他的过错，陆云西只是听着。等宴席快结束时，陆云西叫江柳过来详问，江柳拿出陈诜的送别词《眼儿媚》，陆云西看后大为赞赏，再次入座，拿给孟之经看，同时带着讥笑的口吻责问："你看看人家写的词，多么感人啊，你真是不识人才。现在贾制使要征召陈诜去当幕僚，你这样胡搞，简直浪费人才！你打算怎么办？"孟之经吓坏了，求陆指点迷津，说："大人你看怎么办就怎么办。”随后叫陈诜来一起喝酒，第二天立即推荐陈诜，并除掉江柳的乐籍，让她从良。

陆云西带陈诜到江陵，推荐给贾似道，做贾的幕僚。陈诜很风光，不仅洗清羞辱，而且升了官。自此传为巴陵佳话。[3]

故事的结局皆大欢喜。唱了一首歌，排除万难，被黥面的歌妓不用放逐到远地，男主角还升官晋爵，而且有情人终成眷属，过上幸福快乐的日子。

年轻官员与歌妓合力对抗不公社会的故事，振奋了普罗大众在爱情中受伤的心，流传甚广。明朝末年的孟称舜为了歌颂男女排除万难，自由恋爱的可贵，特地将这段爱情故事创作成杂剧，塑造了理性并勇于追求爱情的歌妓江柳的形象，名叫《泣赋眼儿媚》。

注释：

1. 参考刘餗:《隋唐嘉话》，卷五。

2. 参考金盈之:《新编醉翁谈录》，卷四。

3. 参考蒋子正:《山房随笔》。这个故事在冯梦龙《情史》与张端义的《贵耳录》中几乎有同样的记载，只不过《贵耳录》把孟之经换成了杨诚斋。

借助神力写成的绝妙神曲

仙姥来时，正一望、千顷翠澜。旌旗共、乱云俱下，依约前山。命驾群龙金作轭，相从诸娣玉为冠*。向夜深、风定悄无人，闻佩环。

神奇处，君试看。奠淮右，阻江南。遣六丁雷电，别守东关。却笑英雄无好手，一篙春水走曹瞒。又怎知、人在小红楼，帘影间。

——姜夔《满江红》

* 自注：庙中列坐如夫人者十三人。

湖姥来时，广阔的巢湖湖面，清风拂来，放眼尽是绿波千顷。前山有乱云横空，蔼蔼云中似乎隐约扬起无数旌旗，在空中乱舞。湖姥前面有群龙驾车，后面有女神簇拥，群龙的金轭与诸位女神的玉冠，都发出灿烂耀眼的光芒。夜渐深，风停住了，她们也隐没不见，寂静中只听见佩环碰击的叮咚声响。

请大家拭目以看，湖姥虽居住在小红楼、帘影间，但她是如此神奇，指挥若定，镇守淮右地区，保卫江南一带，还派遣雷公、电母、六丁玉女去守卫东关。难道没有英雄好汉，只能靠一篙春水，把北来的曹瞒逼走吗?

歌唱到歌迷叫好，唱片热销，演唱会场场爆满，可谓“歌神”。如果唱到让皇帝成为粉丝，那就等着升官加爵，留名青史。如果再唱到连神明都拍手叫好，那无疑是歌唱界的“神中之神”，凡人无可比拟。

《满江红》这支曲子由岳飞唱红，在《宋词排行榜》中名列第二。[1]一开口“怒发冲冠，凭栏处”，岳飞那低沉而雄壮的歌声，满腔悲愤，丹心碧血，气势十足，震撼人心，令人闻歌起舞，只想立马冲上沙场，杀敌报效国家。

然而，少有人知道如此雄壮的曲调，其实是词风婉约的柳永始创。这首词从宋代以来就是热门曲子，常被点唱，而且人们纷纷按照词谱填入新的歌词。当时多半以柳永《满江红·暮雨初歇》调为正统格律。柳永自己填了四首《满江红》，两首是俗词，两首是羁旅行役词。

自宋朝以来，填《满江红》这首曲子的人，多半用仄韵来填写传唱，如张先、苏轼、秦观、陆游、辛弃疾等知名词作家。清代的陈维崧、朱彝尊等阳羡、浙西词派的开山大师也曾填过。

换言之，不管是豪放派还是婉约派，统统抢着填《满江红》。

但歌唱和吟诵并不一样。歌者在唱歌时，吸气、吐气、唱腔都要和谐。南宋词人姜夔觉得这首《满江红》以仄声韵[2]来唱，怎么唱都不和谐，歌妓唱来几近断气，所以他决心改编歌曲。

姜夔自幼跟随父亲在湖北汉阳居住，多才多艺，精通音律，能创作词曲。他写的词音律相当严密，歌词内容则以空灵含蓄著称，留下词集《白石道人歌曲集》，因为晚年他家旁边有个白石洞，他因此自号“白石道人”。姜夔一生没有做官，仅靠卖字和朋友接济为生，最后在贫病中过世。

这首《满江红》是姜夔三十七岁时，从安徽合肥出发，前往合肥南边的巢湖时所作。巢湖古称“居巢”“南巢”，是当初夏桀被成汤放逐之地，湖中有座飞红流翠的小岛，就是姥山。

姜夔在正月最后一天抵达巢湖，看到湖旁姥山地险景秀，全岛苍松翠竹，红花绿柳相映成趣，湖面波光山影，渔帆点点，令人心旷神怡。可惜没有风，行船非常不方便，又听到远方岸边箫鼓喧天，就问船夫：“发生了什么事？”船夫回答：“今天湖姥生日，大家都在拜湖姥，为她祝寿。”

姜夔灵机一动，想借助神力来实现改变《满江红》唱腔与唱法的愿望。他想到了北宋末年大词人周邦彦的《满江红》：“最苦是、蝴蝶满园飞，无心扑。”末句的“无心扑”三字特别难唱，因为在宋代，“扑”字是入声，唱起来很短促。歌者唱到这里，必须将“心”字融入去声（第四声），才能合乎音律，唱得不那么吃力。姜夔想把《满江红》改作平声韵（第一声与第二声），让声情发生一些变化，歌者就不用唱得那么拗口，呼吸会比较顺畅，可是一直没有成功过。

姜夔向湖神祷告："湖神啊，如果您现在能刮起一阵风，让我的船顺利张帆航行到居巢，我一定用平韵写一首《满江红》当作迎送神曲。"

刚祷告完，竟然奇妙地扬起一阵风，他的灵感也来了，立马开始写，而且最后一句"闻佩环"果真合乎音律。姜夔用绿色笺纸写下整首《满江红》，沉到湖中。

姜夔这首词虽然没有具体写出湖姥的形象，但从她的侍从多达十三个人，又驾着群龙并以黄金为轭，如此夸张夺目的排场，就能让人联想到她的仪态雍容华贵，气度闲雅，俨然一位坐镇边关的统帅。上片结句描写夜深风定，万物俱寂，湖面水波如镜，偶尔传来清脆的叮当声，仿佛是湖姥乘风归去时的环佩余音。下片借着写巢湖的地理位置如何重要，带出三国时代曹操与孙权在濡须打仗的史实。

历史上，曹操曾率步骑四十万进攻濡须，孙权的军队却不过七万人。初次交战，曹军大败，干脆坚守不出。一天，孙权趁水面有薄雾，乘轻舟闯入曹军前方，观察曹军部署。孙权舟行五六里，并且鼓乐齐鸣，曹操生性多疑，见孙军整肃威武，烟雾迷茫，恐怕有诈，不敢出战。随后曹操下令弓弩齐发，射击吴船，这就是有名的"草船借箭"的历史原型。最后曹操耗时一个月也没有攻下孙权，只好撤退。

姜夔在词序中写到，当初曹军到达濡须口，和东吴军队对峙时，孙权写信给曹操说："春水刚滋生，您应该早点离开。"曹操想："孙权应该不会欺骗我。"因此就撤军了。濡须口与东关相近，是湖水出入的关口，姜夔认为春水滋生的背后，一定有人在掌控，不如就归功给湖姥吧。

姜夔在词中写道："却笑英雄无好手，一篙春水走曹瞒。"感叹现实中竟然没有一位英雄抵御外敌，只能凭仗一池涨满的春水，逼走来自北方的曹操。他发挥想象把历史故事牵合到湖姥身上，歌颂湖姥坐镇指挥的神奇。

另一方面，姜夔怀才不遇太久，他也在词中借历史人物，抒发自己对现实的愤慨。当时距宋金隆兴和议将近三十年，偏安一隅的南宋王朝正是倚靠江淮水域，才能阻止金兵的南下侵犯。历史掺杂着现实，使得全词浪漫又美丽。

这首词经过姜夔改为平声韵后，唱起来特别流畅，是一首十分成功的作品。但是曲高和寡，因此叫好不叫座，几乎没有人跟着他改写的平声韵来填词，反而还是照填仄声韵的调子。

这首歌献给湖神后，也刻在庙宇的楹柱之上。同年六月姜夔再度经过巢湖时，有人对他说："当地善男信女对湖姥跪拜时，都唱这首歌。"这首《满江红》就此成为当地的送迎神曲。

注释：

1. 王兆鹏，郁玉英，郭红欣:《宋词排行榜》，页五。
2. 仄声韵，为上声、去声，相当于普通话第三、四声。入声韵，收音短促，现代普通话中没有，闽南语还保留着。词比较特别，有些词调严格规定必押入声韵。根据戈载《词林正韵》所载，共有二十六调。如果押入声韵，不能掺杂上、去声。

抱得美人归，和韵传千里

旧时月色。算几番照我，梅边吹笛。唤起玉人，不管清寒与攀摘。何逊而今渐老，都忘却、春风词笔。但怪得、竹外疏花，香冷入瑶席。

江国。正寂寂。叹寄与路遥，夜雪初积。翠尊易泣。红萼无言耿相忆。长记曾携手处，千树压、西湖寒碧。又片片、吹尽也，几时见得。

——姜夔《暗香》

依然是皎洁的明月，曾经多少次在月光的映照下，我在梅花旁吹奏着玉笛。笛声清韵谐和，唤起佳人，冒着清寒和我一道去攀摘梅花。如今我却像何逊逐渐老去，往日春风般美妙的辞采和文笔，全都随着时光消逝。最惊讶的是，竹林外稀疏的梅花，仍将幽香飘散到宴席上，撩起无限情思。

此时江南水乡正是一片静寂。我想折下一枝梅花，藏着我相思的情意，寄给远方的你，可叹的是路途遥遥，夜雪茫茫，遮断前路。我只能捧起翠绿酒杯，忍不住滴下伤心的眼泪。面对着默默无语的红梅，想起以前一起折梅的佳人。记得我们曾牵手游赏过的地方，千株红梅正绽放，倒映在清寒阴碧的西湖上。如今梅花又一片片被风吹落，何时才能重见梅花的幽丽?

姜夔写完《满江红》的冬天，踏着雪去拜访归隐在江苏石湖的范成大。

范成大自号“石湖居士”，他在苏州建造的石湖别馆有北山堂、农圃堂、玉雪坡、锦绣坡、梦鱼轩、倚云亭、盟鸥亭等多处景观。喜爱诗词的他，与陆游、杨万里、尤袤合称“南宋四大诗人”。

姜夔在石湖住了一个多月。石湖在明月的映照之下，水波粼粼。美景当前岂能无歌？范成大央求姜夔创作新曲，姜夔就写了两首曲子来歌咏梅花。范成大很喜欢，吟赏不已，还叫来两个歌妓学唱，音调节律悦耳婉转。两首曲子分别被命名为《暗香》《疏影》。

两首词调的名字来自林逋《山园小梅》：

众芳摇落独暄妍，占尽风情向小园。
疏影横斜水清浅，暗香浮动月黄昏。
霜禽欲下先偷眼，粉蝶如知合断魂。

幸有微吟可相狎，不须檀板共金尊。

意思是说，在百花凋零时，独有梅花迎着寒风昂首盛开，梅花皎洁明媚的姿色，占尽小园风光。梅枝疏落有致，枝条的影子横斜在清浅的水中，在月光下，飘散着清幽的芬芳。寒雀想要飞下来时，先偷看了梅花一眼；粉蝶儿如果知道梅花的妍美，一定会失色消魂。幸好我能低声吟诵，可以和梅花互相亲近，不需要歌妓敲着檀板唱歌，也不用金杯饮酒助兴。

姜夔取诗中“暗香疏影”作为新词的名字。宋代的文人墨客最爱梅与竹，以此代表自身的清高雅洁。姜夔的咏梅词共有十七首，其中以《暗香》《疏影》最有名，最受欢迎。

姜夔写这首曲子时已经三十七岁了，长年落魄，既无功名，又无钱财。难得遇到范成大这样的知己，心情特别复杂，长期的压抑，前途茫然，失落与孤独，酝酿成凄婉蕴藉的词风。

《暗香》的姊妹篇《疏影》，歌词是这样的：

苔枝缀玉。有翠禽小小，枝上同宿。客里相逢，篱角黄昏，无言自倚修竹。昭君不惯胡沙远，但暗忆、江南江北。想佩环、月夜归来，化作此花幽独。

犹记深宫旧事，那人正睡里，飞近蛾绿。莫似春风，不管盈盈，早与安排金屋。还教一片随波去，又却怨、玉龙哀曲。等恁时、重觅幽香，已入小窗横幅。

这首词接连铺排五个典故，将梅花人格化，用五位女性来比喻梅花。“翠禽小小”是用赵师雄在广东遇到梅花女神的故事来追忆往日情怀。第二个典故用杜甫《佳人》“绝代有佳人，幽居在空谷”显示白梅孤傲高洁的品格。第三个典故是将梅花与王昭君相连，写红颜薄命，突出其漂泊与思乡的情绪。第四个典故采用寿阳公主的故事。世人传说寿阳公主是梅花的精灵所变，当梅花吹落到寿阳公主的额头上，经汗水渍染后，在公主的前额上留下梅花的花痕，拂拭不去，使寿阳公主显得更加娇柔妩媚，当时的宫女纷纷效仿，剪梅花贴于额头，被称为“梅花妆”。这个典故比喻梅花盛开时的娇艳美丽。最后一个典故则是“金屋藏娇”。汉武帝幼时喜爱陈阿娇，长大要金屋藏娇，但日后不再宠爱她。这个典故指梅花被寒风无情摧残，因而对梅花产生更多怜爱。当然，词中也隐含着对现实的不满。生命已逝，只能对画凭吊。惋惜、留恋之伤感，袅袅不绝。

这两首歌虽然典故很多，不易解读，一推出却超级轰动，深受大众喜爱。范成大非常开心，慷慨地把歌女小红送给了姜夔。[1]

姜夔这次写歌得到了惊人的礼物——美人一个。他在除夕夜告别石湖，乘着船，带着歌女小红返回苕溪。归途中，夜色苍茫，四处幽静，寒气袭人。当船驶过扬州廿四桥时，小红在船上欢喜地歌唱，姜夔则吹箫伴奏，琴瑟和鸣的场景充满了浪漫与幸福。为此，姜夔写了一首《过垂虹》诗：

自琢新词韵最娇，小红低唱我吹箫。

曲终过尽松陵路，回首烟波廿四桥。

可惜姜夔和小红的幸福日子无法长久。姜夔以卖字为生，生活自顾不暇，没多久小红就被送走了。

姜夔六十七岁那年在西湖旁病逝，因为家境清寒，穷到没钱下葬，只能靠朋友吴潜等人的资助，安葬在杭州钱塘门外的西马塍。西马塍是当时埋葬名人的地方，种有许多珍奇树木与四时奇花。[2]

人走茶凉。姜夔死后没过几年，西马塍成为荒冢。南宋后期诗人乐雷发前去寻访时，那里已是长满白苹草的荒坟，乐雷发因此写诗“姜夔荒冢白苹深”。柳永死后还有歌妓怀念，组成“吊柳会”祭奠他，姜夔死后却如此凄凉，连坟墓都找不到。

姜夔最后病死，罪魁祸首应该是贫穷。姜夔的友人苏石就说：“还好小红已经嫁人，没看到这么悲惨的事，否则一定哭死。”[3] 姜夔虽然晚景凄凉，没有小红相伴，但妻子萧氏（千岩老人萧德藻的侄女）一直守着他。[4]

姜夔的《暗香》和《疏影》声韵流美，寄情遥远，引起文人深深的共鸣，后人和韵也最多，并列《宋词排行榜》第十名。[5]南宋大词人张炎用这个调子歌咏荷花，改名《红情》和《绿意》；知名词人吴文英取姜夔词《暗香》上阕、《疏影》下阕合而为之，成一个新调《暗香疏影》；元人彭元逊改《疏影》为《解连环》，通过这些我们可以看出这两首词的影响。

姜夔精通音律，张炎曾经称赞他："词如野云孤飞，去留无迹。"他编写拟古乐调《角招》《徵招》，还创作十七首歌，旁边都注有工尺谱，是现今研究宋词乐谱的重要资料。姜夔四十三岁时曾想议正乐典，写《大乐议》和《琴瑟考古图》呈献给朝廷。两年后，再次呈献《圣宋饶歌十二章》，希望能得到朝廷的提拔任用，可惜遭人嫉妒，两次都没有成功。直到宋理宗时，朝廷发现了姜夔的音律才能，想任命他为乐章付太常，掌管宗庙礼仪音乐，可惜姜夔已过世十年之久了。

注释：

1. 参考陆友仁:《砚北杂志》，卷下。"小红，顺阳公青衣也，有色艺。顺阳公之请老，姜尧章诣之。一日，受简征新声，尧章制暗香疏影两曲，公使二妓肄习之，音节清婉。尧章归吴兴，公寻以小红赠之。"
2. 参考吴自牧:《梦粱录》。
3. 参考陆友仁:《砚北杂志》，卷下。"尧章后以疾没故，苏石挽之曰：'所幸小红方嫁了，不然啼损马塍花。'宋时，花药皆出东西马塍。西马塍，皆名人葬处。白石没后葬此。苏石谓：'小红若不嫁，则哭损马塍花矣。'"
4. 参考陈思:《白石道人年谱》。苏泂《到马塍哭尧章》："初闻讣告一场悲，写尽心肝在挽词。今日亲来见灵柩，对君妻子但如痴。"
5. 参考王兆鹏，郁玉英，郭红欣:《宋词排行榜》，页三〇。

这词掀起好大风波

唱歌抒发心情，虽然有时会获得许多好处，但若是歌词太坦白了，一不小心也会流露心意，让别人抓住把柄，陷自己于危险之中。孔子说：“视其所以，观其所由，察其所安，人焉廋哉？人焉廋哉？”意思是，观察一个人做的事，他真正的动机与心态是无法隐藏的。其实听一个人爱唱的歌，他内心的想法也同样藏不住。唱一首歌，就是说出一个心声。

南唐末代君主李煜在亡国后，被北宋俘虏，终日郁郁不乐。四十二岁七夕生日那天，李煜与后妃们欢聚，情不自禁写下《虞美人》：“故国不堪回首月明中”“一江春水向东流”，交给歌妓唱。宋太宗本来就瞧不起李煜的软弱，听了他的歌，更气他仍然心向故国，再也无法容忍，命人在宴会中下药毒杀他。李煜中毒后全身抽搐，头脚缩在一起，非常痛苦，生日也变成了忌日。《虞美人》成为压垮李煜生命的最后一根稻草。

秦观被贬谪到广西时，路经衡阳，太守孔毅甫热心置酒款待，希望他多待几天。秦观心情不好，拿出所作的《千秋岁》词，孔毅甫读到“镜里朱颜改”这句，担心地说：“你正当盛年，为什么言语如此悲怆呢？”等秦观离开后，孔毅甫对家人说：“秦观的气貌与平时不太相同，可能时日不多了。”

丞相曾布后来读到《千秋岁》最后一句“春去也，落红万点愁如海”，也惋惜地说：“秦观恐怕不久于人世了，怀着像大海那么深的愁，哪有可能活下去呢？”[1]不久秦观果真去世，一首表明自己内心沉重哀愁的歌，成为谶语。

欧阳修在洛阳的老长官、宋诗西昆派掌门人钱惟演，一生荣华富贵，晚年却谪居湖北，眼看要老死他乡，心情无限凄凉，他写下《玉楼春》词：“泪眼愁肠先已断。”每次喝完酒就唱，唱得老泪纵横。钱惟演家中有一个曾服侍过他父亲的白发歌姬，她听到这首歌后说：“前主人即将逝世时，预先为自己写挽歌《木兰花》，词意和这首相似，难道如今的主人也要死了吗？”没多久，钱惟演果然去世。[2]《玉楼春》仿佛是在预告他将离开眷恋的世界。

另外，也有许多人因为唱了歌而遭遇横祸，比如柳永的《望海潮》“有三秋桂子，十里荷花”，虽然日后成为杭州风景的最佳代言，但也让金主完颜亮羡慕杭州的繁荣富庶，差点挥鞭南下。陶谷唱了一首《春光好》，反而自曝淫行，丢尽自己与国家的脸。沈唐唱了《霜叶飞》，害得自己客死任所。这些都是他们唱歌前意想不到的。

至于胡铨、张元幹，他们仗义执言反对秦桧，将刚毅爱国之心融在慷慨激昂的歌词里，一个被贬到海南岛，一个被除名并没收退休金。他们的爱国精神与气节千古不朽，令人景仰。

注释：

1. 参考曾季狸：《艇斋诗话》。

2. 参考胡仔：《苕溪渔隐丛话后集》，卷三九，引《侍儿小名录》。

假正经穿帮，落荒而逃

好因缘。恶因缘。奈何天。
只得邮亭一夜眠。别神仙。

琵琶拨尽相思调，知音少，
待得鸾胶续断弦。是何年。

——陶谷《春光好》

这到底是好姻缘，还是坏姻缘呢？真是让人无可奈何啊。我们在驿馆只能甜蜜地一夜同眠，就要和你分别，简直像和女神分开一样难过。

你拨弄琵琶的乐音传尽相思意，可惜知音很少，再相见，还要等到何年？

被派去刺探军情，反而闹了个大笑话回国。这样的故事宛如张爱玲的《色戒》，本来要以情色迷惑对手，女主角却动了真情，为掩护恋人使自己被射杀。《春光好》词中的男主角陶谷则因色字头上一把刀，最后搞得落荒而逃。

陶谷是个好学、博通诗书的人[1]，但也是个阴险取巧，好说大话，汲汲营营，热衷于追逐名利的人。[2]陶谷早年曾在好几个国家当官，一开始在后晋，但因后晋出帝即位后拒绝向辽国称臣，契丹耶律德光率领军队南下征讨。陶谷在混乱之中投奔后汉，后来又投奔北周。

北周一直想统一天下，无奈南唐中主李璟对北周十分恭顺，找不到出兵的理由，只好借口中原书籍散落，为了修书，派陶谷前往江南抄书，其实是暗中窥探江南虚实。

陶谷到江南后，因为任务重要，整天不苟言笑，摆出道貌岸然的样子。面对这位态度傲慢、气势凌人的特使，李璟既生气又束手无策，好在南唐宰相韩熙载是个厉害角色。

韩熙载是个怪人，李璟赏赐他的金银财帛，他全部分给歌姬、妾侍四十余人，自己经常一文不留。三餐不继时，他便扮成乞丐，背起竹筐，走到各姬妾的住处行乞。李后主听说韩熙载生活“荒纵”，曾派画家顾闳中夜入韩宅，窥探他纵情声色的场面，回家后凭着脑海中的记忆，画成《韩熙载夜宴图》，收在宋《宣和画谱》中。

同样是色中高手的韩熙载，对陶谷的底细早已做过调查。韩早年曾和李谷同窗，李谷写信给他说：“五柳公（陶谷）很骄傲，要善待他。”韩心里想，“要善待他”是不是什么双关语，便对亲友说：“陶谷绝对不是什么正人君子，我有办法让他原形毕露。”

陶谷出使南唐时，天天一脸正经，却题诗在官舍的墙壁上：“西川狗，百姓眼。马包儿，御厨饭。”大家都看不懂。南唐宰相宋齐丘解释，“西川狗”就是蜀犬，是个“独”字；“百姓眼”就是民目，是个“眠”字；“马包儿”就是爪子，是个“孤”字；“御厨饭”就是官食，是个“馆”字。这十二个字说的就是“独眠孤馆”[3]，透露出陶谷只身出使，内心寂寥。

因此，韩熙载设计让歌妓秦弱兰假扮驿站差役的女儿，穿旧衣、戴竹钗，每天早晚在驿馆洒扫庭院。陶谷见她貌美，趁机问她身世。秦弱兰说：“我不幸丧夫，只好回家投靠父母。”陶谷因此失去戒心，违背君子“慎独”之戒，秦弱兰美人计色诱成功。两人分别前，陶谷想送金帛给秦，她不要，反而说：“只想得到一首词当作传世之宝。”于是陶谷送了秦弱兰这首艳词《春光好》，表明一夜缠绵悱恻，两人难分难舍之情。

几天后，李璟在澄心堂宴客，下令斟满大杯美酒，陶谷则正襟危坐，正经得不得了。李璟将秦弱兰唤来，命她演唱《春光好》。当众被撕下面具的陶谷万分丢脸，只好靠着捧腹大笑来解围，并且连酌连饮，最后醉倒狂吐，连头上的簪珥都快掉下来。

如此失态，让南唐君臣都瞧不起他，只派了几个小吏在郊外设薄宴送陶谷回国。等陶谷回到京师时,《春光好》早已传遍朝野，他也因为这起外交桃色丑闻，始终未得到重用。

陶谷送秦弱兰《春光好》并落荒而逃的故事流传很广。元朝的戴善夫根据这个故事，编写了《陶学士醉写风光好》杂剧，把时间改成宋初，并把结局改为“陶谷无颜回宋，只得投奔吴越国，最后与秦弱兰团聚”。

明代画家、风流才子唐寅则根据陶谷赠词前后的场面，创作了《陶谷赠词图》，并在画作右上方题诗一首:“一宿姻缘逆旅中，短词聊以识泥鸿。当时我作陶承旨，何必尊前面发红。”在诗中唐寅理直气壮地说:“两人萍水相逢，一夜缠绵，赠诗聊表纪念，如果换作我是陶谷，才不会脸红惭愧呢！”这幅图现藏于台北“故宫博物院”。

关于陶谷的品德，史上所记大多是急功好利。

陶谷常常对别人说:“我的头骨、相貌都长得很特别，以后会戴貂蝉冠。”以前的高官上朝，头上戴的是貂尾和蝉羽装饰的冠冕，意指自己未来会被重用，因此他的话引来许多讪笑。[4]

当初宋太祖要登基时，没准备昭告臣民的文书，一旁的陶谷竟然从怀中取出一篇禅文，向前递给太祖说："我已经准备好了。"虽然陶谷很殷勤，但太祖觉得他太有心机。陶谷待在翰林时，负责起草诏书，一直没升官，他希望被重用，派人放出风声说自己对朝廷效力极多，正在等候皇上的旨意。太祖听后，笑着说："我听说翰林在起草诏书时，都是抄袭前人的旧本，有效什么力吗？"陶谷听了很失望，在宫殿的墙上写诗说："官职要争取才有，文章要用方恨少，所以平时就要努力，不要像可笑的陶学士，年年依样画葫芦，毫无新意。"太祖知道后厌恶陶谷的怨念，更加决意不用他。[5]

陶谷也是个拿了人家好处，一转眼就翻脸的人。他奉命出使吴越时，曾写诗二十韵献给吴越王钱俶，说自己已经头发花白年老，没有机缘再来伺候皇帝了。但等到回程时经过浙西，当地的镇帅请客，以大金钟当作酒杯，陶谷却假装生病，留在驿馆休息，镇帅派人问他想要什么，他厚脸皮地说："金钟杯。"镇帅慷慨送了他十个，他则写诗回礼，说："我得到金钟杯以后，眼睛一亮，毛病都消失，整个人都清明了。"

但一等出境，陶谷却在邮亭墙壁题诗："井蛙莫恃重溟险，塞马曾嘶九曲滨。"嘲笑吴越小国就像井底之蛙，没见过世面，不要以为可以仗恃着躲在深渊险要之地，我们早晚会并吞你们。

陶谷总爱以强国人姿态出现，瞧不起偏安的弱国。他汲汲营营仕途的升迁，遇到有好名声的人，就极力诋毁，所以《宋史》称他"好名多忌"。

注释：

1. 参考脱脱:《宋史·陶谷传》，卷二六九。
2. 参考王称:《东都事略》，卷三十。
3. 参考蒋一葵:《尧山堂外记》，卷四十一。
4. 参考脱脱:《宋史·陶谷传》，卷二六九。
5. “官职须由生处有，文章不管用时无。堪笑翰林陶学士，年年依样画葫芦。”参考蒋一葵:《尧山堂外记》，卷四十二。

惹毛了皇帝，榜上自然无名

渐亭皋叶下，陇首云飞，素秋新霁。
华阙中天，锁葱葱佳气。
嫩菊黄深，拒霜红浅，近宝阶香砌。
玉宇无尘，金茎有露，碧天如水。

正值升平，万几多暇，夜色澄鲜，漏声迢递。
南极星中，有老人呈瑞。
此际宸游，凤辇何处，度管弦清脆。
太液波翻，披香帘卷，月明风细。

——柳永《醉蓬莱》

秋叶逐渐掉落在亭旁，白云飘在高山之巅，秋雨过后，天气转晴。华丽的宫殿高耸入云霄，好像锁住葱郁的自然佳气。台阶两旁，初开的菊花深黄耀眼，盛开的芙蓉浅红醉人。美丽的殿宇洁净无尘，铜仙手中所捧的承露盘里，盛满了延年益寿的甘露，碧蓝的天空明净如水。

正值太平盛世，皇帝日理万机，仍有许多闲暇，夜色清新，铜壶滴漏的水声从远处传来。南极星里有位老人正呈现太平祥瑞。这时皇帝的车驾在何处呢？也许就在清晰悦耳的管弦乐声中吧。明月微风，吹得汴京城苑池沼波光翻腾，也吹开宫殿里清香的门帘。

既然有人凭着填词升官加爵，自然也有人因为填词断送功名，这个倒霉人就是柳永。

柳永在家中排行第七，所以又叫柳七。他原来名叫三变，因为科举考试时，名字没有弥封，他若用柳三变之名绝对无法考中。四十多岁时，改名柳永。为何不能用柳三变呢？源自宋仁宗对他的误解。

柳永很小的时候就会填词，据说他看到墙上一首流行的《眉峰碧》，非常喜欢，反复吟咏，就此悟出填词的方法。他的词在当时可谓是宋词歌唱排行榜冠军，国家音乐机构拿到新谱，一定要请柳永填词，才能流传海内外。[1] 他的词流传甚广："凡有井水饮处，即能歌柳词。"柳永有《乐章集》存世，收录两百多首词。

柳永独步词坛，又懂音律，而且常留恋歌楼。歌女如果能得到柳永为她们作的词，身价马上涨十倍，她们也争相唱他创作的新词。当时流行一句话："不愿穿绫罗，愿依柳七哥；不愿君王召，愿得柳七叫；不愿千黄金，愿中柳七心；不愿神仙见，愿识柳七面。”[2]柳永受欢迎的程度，凡人根本无法比。

柳永好不容易考中进士后，被任命为睦州（今浙江建德）团练推官，掌管刑狱。消息传出，京城妓界一片哀嚎。来送行的歌妓排成十队，全依依不舍流着泪，分别的话说也说不完。柳永《如梦令》一词描绘的正是此情此景：

郊外绿阴千里。掩映红裙十队。
惜别语方长，车马催人速去。
偷泪。偷泪。那得分身与你。

柳永之所以这么红，全归功于他太了解歌妓的心，又体贴，所以为她们写的词既口语化又贴切，直入人心，再加上他写的音律谐婉，自然脍炙人口。

可是这样的柳永却两次因词得祸，害自己潦倒一生。

第一次是因为《鹤冲天》这首词。

柳永首次参加会试时踌躇满志，没想到考前真宗颁布诏书，“读非圣之书，及属辞浮靡者”，都要受到严厉谴责。以柳永浮艳的风格，自然落第。第二次亦然。第三次又落榜后，愤慨的柳永写下《鹤冲天》：

黄金榜上，偶失龙头望。明代暂遗贤，如何向。未遂风云便，争不恣游狂荡。何须论得丧。才子词人，自是白衣卿相。

烟花巷陌，依约丹青屏障。幸有意中人，堪寻访。且恁偎红翠，风流事、平生畅。青春都一饷。忍把浮名，换了浅斟低唱。[3]

他在词中发泄对科举的牢骚和不满，却也看得出他并未完全绝望。

柳永第四次参加科举考试是在宋仁宗继位以后。当时皇太后主政，十分看重博学的儒生和文人雅士，提倡学子致力于学问根本和文章的义理，排斥轻浮艳丽、空虚浅薄的文章。宋仁宗早听过柳永《鹤冲天》里那句“忍把浮名，换了浅斟低唱”，临发榜时说，就让柳永“且去浅斟低唱，何要浮名”。

柳永只好自我解嘲，自称“奉旨填词柳三变”，愤而离开京师，继续流连于歌楼酒馆与莺燕花柳丛之间，寻找爱的出口与精神的寄托，还改了名字。直到宋仁宗亲政，不再由太后摄政，特别放宽历届科场落榜者的录取尺度，柳永与哥哥柳三接才一起荣登进士榜。暮年及第，让柳永喜悦不已。

第二次因词得祸就是《醉蓬莱》了。

辞别歌妓后的柳永在江苏当了九年判官，颇有政绩，按照宋朝官制早该升迁，却毫无动静。柳永深感受挫，决计靠自己脱困。于是，他以拿手的新词《醉蓬莱》进献宋仁宗，并特地在词里歌功颂德，只求获得青睐。

不料，宋仁宗看到第一个字“渐”就觉得刺眼，因为“渐”字让人联想到“大渐”，好像快病死了。接着“此际宸游，凤辇何处”，这句与仁宗哀悼父亲宋真宗的挽词意思雷同，把仁宗气得脸都绿了。再读到“太液波翻”的“翻”，感觉特别不吉祥。仁宗按捺不住翻脸问：“为什么不写波澄？”然后把词丢在地上，同时抹掉柳永的名字，“自此不复进用”。[4]

柳永一味引用美丽的词句，没考查歌词的出处，[5]不仅与机遇再次擦肩而过，更害自己被打入十八层地狱。

“翻”和“澄”只有一字之差，只要改个字就有官做。柳永为何想不开，偏偏要用“太液波翻”呢？这就要怪柳永太专业，太坚持音律了。

歌唱时要考虑歌词用字与歌者呼吸的原理。第一，这首词前面已有“夜色澄鲜”，“澄”字已用过。词的字数很少，尽量不要重复。第二，“太”“液”“波”三字所属的调子和“澄”字的宫调无法和谐，为了好听，不能放在一起。第三，“太”音在舌头，“液”音在喉间，“波”音在重唇，“翻”音在轻唇。歌唱时由舌转入喉，再由喉转出重唇至轻唇，重唇、轻唇发音很接近，歌者可以直接把气吐出来。如果换为“澄”，澄是卷舌音，歌者演唱时，将重唇音转舌上音，气会煞到，当然不协调。[6]

宋仁宗没有给柳永当面解释的机会，两人的矛盾反而更加激化。柳永惹毛皇帝后，一直做小官，最后以屯田员外郎退休。死后无人过问，灵柩暂时安放在僧寺里，太守王和甫找不到他的后代，自掏腰包让他入土为安。[7]出殡那天，汴京全城歌妓休业一天，都来出席他的葬礼，这就是“群妓合金葬柳七”的佳话。

柳永真是个执着的人，为了坚持音律只能位居小官，不知是太专业，还是太呆板。故事还没完。有一天宋仁宗在后花园举办赏花、钓鱼的宴会，他拿出诗来，要群臣一个个唱和。最后轮到敬陪末座的王安石，他得到“披香殿”三字，虽然他很想赶快对出诗句交差，但想破头也不知该怎么对。当时朝官郑獬坐在王安石的旁边，对他说：“应该对‘太液池’。”这一提醒给了王安石灵感，他写出《和御制赏花钓鱼》诗：“披香殿上留朱辇，太液池边送玉杯。”虽然顺利交卷，京城却因此盛传“王舍人剽窃柳永的词”，让王安石很不开心。

这也是柳永的威力，一句害他不能升官的词句，竟然变成他的专用词。

注释：

1. 参考叶梦得：《避暑录话》，卷下。“教坊乐工，每得新腔，必求（柳）永为词，始行于世。”
2. 冯梦龙：《喻世明言·众名姬春风吊柳七》，卷十二。
3. 释义：想到自己名落孙山，心中有些哀怨。即使在政治清明的时代，君王也会有遗珠之憾。既然没有遇到好时机，何不随心所欲游乐，何必为功名患得患失呢？不如“偎红倚翠”做个风流才子，把功名换成手中的美酒，听歌女婉转低唱吧。

4. 参考王辟之:《渑水燕谈录》，卷八。

5. 参考杨湜:《古今词话》，见《词话丛编》，册一。“惟务钩摘好语，却不参考出处。”

6. 参考焦循:《雕菰楼词话》，见《词话丛编》，册二，页一四九五。

7. 参考叶梦得:《避暑录话》，卷上。

好词能载舟，亦能覆舟

东南形胜，三吴都会，钱塘自古繁华。
烟柳画桥，风帘翠幕，参差十万人家。
云树绕堤沙。怒涛卷霜雪，天堑无涯。
市列珠玑，户盈罗绮竞豪奢。

重湖迭巘清嘉。有三秋桂子，十里荷花。
羌管弄晴，菱歌泛夜，嬉嬉钓叟莲娃。
千骑拥高牙。乘醉听箫鼓，吟赏烟霞。
异日图将好景，归去凤池夸。

——柳永《望海潮》

杭州地处东南，地理位置重要，风景优美，是三吴的都会，钱塘自古以来就很繁华。茂密的柳树，彩绘的桥梁，风帘有如翠绿的帐幕般雅致，房屋有高有低，约有十万户人家。高耸入云的大树环绕着沙堤，钱塘怒涛卷上岸，浪花白如霜雪，江河绵延无边。市场上陈列着珠玉珍宝，家里摆满了绫罗绸缎，家家争相竞逐奢华。

白公堤两侧的里湖、外湖，与远近苍郁重叠的山岭相映成趣，清新秀丽。秋天的桂子，十里的荷花，色彩缤纷。晴天开心奏乐，悠扬的羌笛声在空中飘扬。夜晚划船、采菱、唱歌，钓鱼的老翁和采莲的姑娘都喜笑颜开。太守出巡时，千名骑兵簇拥着长官。醺醺然中听吹箫击鼓，吟诗，欣赏烟霞风光。他日将这富庶美好的风景画成图画，等到升官回京时，好向朝廷夸耀。

有些歌，让人慷慨激昂；有些歌，让人手舞足蹈；有些歌，让人柔肠寸断，泪流满面。但谁能想到一首歌可以让敌军主将听了，万分羡慕到攻打过来？宋词天王柳永的《望海潮》，就有这种本事。

《望海潮》的曲调是柳永自创的新声。歌词主要描写杭州地理位置重要，历史悠久，物产富庶，风景优美，人们生活悠闲，意指地方官孙何把杭州治理得富庶繁华。词中祝福孙何早日升官，将杭州山水画成图画，向朝廷夸耀。“凤池”指的就是皇宫禁苑中的池沼。

柳永为何写这首歌呢？

根据南宋杨湜《古今词话》记载，孙何还没当官前就和柳永有交情，柳永一直不得志，到杭州后得知老友孙何是两浙转运使，想前往拜会，希望能遇上好机会。无奈官门森严，地位卑微的柳永根本见不到孙何，于是写了这首词，找来当地名妓楚楚，吩咐她说：“我想见孙何，可惜没有其他渠道，如果孙何在宴会上请你唱歌，请唱我这首《望海潮》。”楚楚真的在宴席上反复高唱《望海潮》，歌声深深吸引了孙何，问起作者，才知是老友柳三变。孙何当天就请柳永参加宴席，两人畅饮一番。[1]可惜之后并无下文。

南宋罗大经也在《鹤林玉露》中记载，孙何在杭州当太守时，柳永为求官，特地作《望海潮》词赠给孙何。但实际上，孙何担任两浙转运史时，柳永仅十余岁。等柳永流寓杭州时，孙何已经死了三十多年，他怎么可能把词献给死人求官呢？很明显,《望海潮》并非献给孙何。

《望海潮》是献给谁的？

事实上，这首词是献给孙沔的。因为孙何、孙沔同姓，所以被误用了。

孙沔是会稽人。他二十四岁中进士，那时柳永三十三岁，是同一时期的人。《宋史·孙沔传》说孙沔才气过人，但为人放纵，不注意个人品德。御史沈起则形容他“淫纵无检”。看来孙沔和柳永同样喜爱女色。虽然孙沔小节可议，但他的战功和战绩都十分显赫,“柳永献词干谒是有可能的”。[2]

《望海潮》流传甚远，多年之后，金主完颜亮读到词里“三秋桂子，十里荷花”，十分羡慕江南的美好，起了挥鞭渡江的征战野心。[3]这种说法虽然无据可考，不过柳永的这首词确实是杭州最好的广告。

后来完颜亮准备渡江南侵时，在途中写了一首诗《南征至维扬望江左》:

万里车书尽会同，江南岂有别疆封。

提兵百万西湖上，立马吴山第一峰。

在诗中，完颜亮把自己比成秦始皇，说如果有一天掌有权柄，必要使得天下车同轨、书同文。江南怎么可以自成一国，一定要统一才行。如果小南宋不投降，他将带领百万大军渡过西湖，横扫整个江南。

完颜亮作诗时意气风发，最后却被南宋名将虞允文大败于采石矶。他在辽阳留守的堂弟完颜雍被拥立为帝，耶律元宜等人连手发动兵变，在瓜洲渡杀死了完颜亮。

南宋诗人谢驿心有感慨，为此写《杭州》一诗感叹亡国之恨：

谁把杭州曲子讴，荷花十里桂三秋。

那知卉木无情物，牵动长江万里愁。

这首诗感叹不知是谁把杭州写得如此富庶，有夏荷、有秋桂，哪里知道草木本是无情之物，大好河山被金人铁蹄践踏，朝廷南渡偏安，君昏臣贪，武备不修，官员流连歌舞场，因此惹动敌军远渡长江，攻打江南。

柳永真是太冤枉！金人要来侵略，真不能怪他。他名气大，词写得好，却找不到工作，只赚到歌妓们的崇拜，既没升官又没发财，还被人冤枉因为这首词引发了完颜亮对江南的觊觎。

不过，有誉就有毁。徽宗末年，有一个叫刘季高的朝臣在大相国寺宴客，席间谈论起诗词，大家开始诋毁柳永的词，批评他的词亵狎又轻慢。就在他们信口胡说时，旁边一个老太监手捧纸笔，默默走到刘季高等人面前，跪下来恳求道："几位大人认为柳永的词写得不好，能否麻烦诸位为老奴填一首示范示范！"刘季高等人面面相觑，不敢回应。批评别人比较简单，自己动笔可难呢。没有才情的人见不得别人好，总是以批评掩饰自己的嫉妒与无能。

北宋文学家范镇年轻时曾与柳永同榜，他很爱惜柳永的才华，听到柳永填词，曾经感叹"用心用错了地方"。等他退休后，亲朋好友都高唱柳词，他又叹口气说："仁宗居皇位四十三年天下太平，我身为使官二十年，不能用文字称颂，而柳永竟然能把盛况形容出来。"言下之意，柳永的词真是曲尽其妙。

注释：

1. 参考杨湜：《古今词话》，见《词话丛编》，册一。"柳耆卿与孙何为布衣交。孙知杭州，门禁甚严，耆卿欲见之不得，作《望海潮》词，往谒名妓楚楚曰：'欲见孙相，恨无门路。若因府会，愿借朱唇歌于孙相之前。若问谁为此词，但说柳七。'中秋府会，楚楚婉转歌之，孙即日迎耆卿预坐。"
2. 参考柳永著，薛瑞生校注：《乐章集校注》。
3. 罗大经：《鹤林玉露》，丙篇，卷一。

总是写歌闯祸的沈唐

霜林凋晚，危楼迥，登临无限秋思。
望中闲想，洞庭波面，乱红初坠。
更萧索、风吹渭水。长安飞舞千门里。
变景摧芳榭，唯有兰衰暮丛，菊残馀蕊。

回念花满华堂，美人一去，镇掩香闺经岁。
又观珠露，碎点苍苔，败梧飘砌。
谩赢得、相思泪眼，东君早作归来计。
便莫惜丹青手，重与芳菲，万红千翠。

——沈唐《霜叶飞》

秋天的傍晚，我登上高楼，看见树林披霜，枝叶凋残，秋思无限。望洞庭水面，红花凋零，绿叶飘落，心中有些幽思。这时秋风吹动渭水，水波粼粼，更显得秋气萧飒，花草都被摧残变色，只剩衰兰与残菊。

回想以前花满华堂，但是美人离去后，整年香闺空掩，只见露珠与青苔，还有枯干的梧桐飘落，让人触目惊心。徒然赢得相思泪眼，心中期盼东风早点归来，大地复苏，就不用再爱惜画笔，可以尽情装点大地，万红千翠，缤纷多彩，充满生气。

唱歌本来是用来宣泄情感的。感情凝聚在心内，然后写成歌，让大家唱。从爱唱的歌，可探知心里在想什么，喜欢什么。所以歌不能乱唱、乱写，因为会惹祸上身。

沈唐是河北人，中过进士，因为没做过重要的官，留下的事迹很少，只知道他精通音律，填的词不仅字句动人，而且音律和谐优美。他填词编曲创作了《望南云慢》，不过可能因为冷僻难唱，《全宋词》只收录这一首。他也是宋朝第一个填《念奴娇》词的人。

李清照的《词论》一文，曾经批评当时名家张先、宋祁、沈唐等人，说他们的词虽然常有妙语，词句却破破碎碎，实在不能称为名家。可见沈唐在当时的词坛很有名气，才会被李清照点名，可惜他的词集没有流传下来。

有才华的人一般比较自负。沈唐在楚州幕府当官时，楚州发生蝗灾，百姓苦不堪言。太守胡楷派他去扑打蝗虫，年轻气盛的沈唐自认是官员与词人，不是来打蝗虫的，文人体格也不堪在烈日下劳动，所以发牢骚作《蝗虫三迭》：

不是这，下辈无礼，都缘是我，自家遭逢。

虽然这首词的词牌已经不见了，只剩残句，但意思很清楚：“长官，我懒得去扑打蝗虫，你可不要怪晚辈无理、偷懒，我只是因为倒霉，才来这鸟地方工作。”

胡楷听说后，心中大怒，心想这小子真不受教，想故意处罚他带领禁军去打蝗虫，把他累得半死，挫挫他的锐气；然后找个什么理由，让他“坐赃三十年”。所谓坐赃，就是指犯了贪污罪。被判三十年，简直是坐牢坐到死。[1]

沈唐心中怀才不遇的怨气更重。还好老长官韩琦送来朝廷的特赦令，改派其他官职，才救了他。

哪知沈唐不知收敛，高歌一曲《霜叶飞》，期望为韩琦发声。南宋的王灼分析道：“沈唐是韩琦的门客，韩琦被外放到中山（今河北定州），家中门客多半期望他回归朝廷。沈唐在《霜叶飞》里说：‘谩赢得、相思泪眼，东君早作归来计。’其实是为韩琦发声。词中的美人，指的就是韩琦。”[2]

沈唐实在是时运不济，平常写这种词应该不会有事，坏就坏在当时是王安石执政。虽然遭遇巨大的反对声浪，但王安石坚持黄河东流的做法，而韩琦反对东流。

刚好这一年黄河在曹村大决堤，官府不仅忙着救灾、疏浚黄河，还要担心有钱人弃城逃走。偏偏沈唐高唱“早作归来计”，本来是期望东风吹来让大地苏醒，却被解读成依附韩琦的反对政策。身为官员却和官府唱反调，不想治水，鼓动大家逃难。王安石非常生气，直言：“谁叫你倒霉遇到黄河大决堤，不去救灾，只想归去。”[3]

这下沈唐惨了，好好一首词变成与官府对立，不仅回不去，还要被论罪。曹村一带的富贵人家，凡是有参与逃离的，最后都免罪，只有沈唐被贬降官职。

渭州（今甘肃平凉）一个叫王广渊的官员，与沈唐是同乡，好心聘请沈唐到渭州当签判，执掌文书。沈唐没学到教训，吃饱了又写《雨中花》，还叫歌者高唱：

> 有谁念我、如今霜鬓，远赴边堠。
> ……身在碧云西畔，情随陇水东流。[4]

王广渊在渭州防守边疆已经很辛苦，听到“有谁念我、如今霜鬓，远赴边堠”，很生气：“我看你仕途倒霉，念在同乡之情，聘请你来做官，你却不满意这职位，还说什么远在甘肃平凉的边疆打拼，害你两鬓如霜，都没有人顾念你的辛劳。”王广渊认为沈唐不知感恩，也不敬业，心中不满，把歌者叫来骂了一顿。

沈唐发现自己总是写歌闯祸，内心愈来愈不安，陷入忧郁，最后死在任上。其实，沈唐写《雨中花》时，知道内情的人就说："这次沈唐真的回不去了。"因为他的词中有"身在碧云西畔，情随陇水东流"文句，指人在天边碧云的西边。那么高的地方，还有可能回到人间吗？果真一语成谶。

注释：

1. 参考张舜民：《画墁录》，卷一。
2. 参考王灼：《碧鸡漫志》，卷二。"沈公述为韩魏公之客，魏公在中山，门人多有赐环之望。沈秋日作《霜叶飞》词云：'谩赢得、相思甚了，东君早作归来计。便莫惜丹青手，重与芳菲，万红千翠。'为魏公发也。"
3. 参考张舜民：《画墁录》，卷一。"至熙宁，魏公札子特旨改官，辟充大名府签判，作《霜飞叶》云'愿早作归来计'之语。介甫大怒，矢言曰：'谁教你！'及河大决曹村，凡豫事者皆获免，其惟唐冲替久之。"
4. 这首《雨中花》词，现只剩下残句。

只有鬼才写得出来的“鬼语”

小令尊前见玉箫。银灯一曲太妖娆。
歌中醉倒谁能恨，唱罢归来酒未消。

春悄悄，夜迢迢。碧云天共楚宫遥。
梦魂惯得无拘检，又踏杨花过谢桥。

——晏几道《鹧鸪天》

在酒席筵边，玉箫姑娘高唱着小曲。夜晚的银灯下，她清歌一曲，醉颜微红，愈发妩媚娇娆。我甘愿醉倒在美妙的歌声中，一点都不悔恨。歌声停歇，我一路归来，酒意还未消除。

春天静悄悄，春夜漫漫，我想念着她，可是她却和碧空浮云、楚国宫殿一样遥远。只有梦魂，可以打破束缚去思慕。我的魂魄在梦中，踏着满地杨花，走过谢家小桥。

写词能写到被宋代理学大家程颐称为“鬼语”，词作达到了宛如魔鬼般高超的境界，有这等能耐的人是谁？答案是宰相晏殊的儿子晏几道。

晏几道年轻时过着诗词歌酒的日子，逍遥得意。四十五岁时，恰逢开封府与大理寺在同一天上奏狱政清明，监牢里没有犯人，宋神宗很开心，在宫中开宴会，特别宣召晏几道侍宴。[1] 晏几道为此献上《鹧鸪天》词：

碧藕花开水殿凉。万年枝外转红阳。
升平歌管随天仗，祥瑞封章满御床。
金掌露，玉炉香。岁华方共圣恩长。
皇州又奏圜扉静，十样宫眉捧寿觞。

词中歌颂太平与君恩，交由皇家歌舞乐队演唱后，神宗非常满意，派晏几道去河南颍昌府当个小官。这激起了他的雄心壮志，想借机一展才华，施展抱负。

当时的颖昌太守韩维是晏殊的旧门生，因为这层关系，再加上晏几道颇有自信，一上任就将自己的词作献给韩维，希望获得青睐。韩维很快回复："你那些词作我都看了，实在是才能有余，道德却不足，希望你能'捐多余之才，补不足之德'，才不会辜负了我曾是你家'门下老吏'的期望！"[2]

填词是"缺德"吗？父亲的老门生竟然语重心长地指责他。晏几道像被浇了冷水，全身冰凉。其实韩维并非不念旧情或势利眼，而是当时认为填词是小道、末流，是给歌妓唱的，不应该浪费太多时间在这种吟风月、弄花草的事情上。

晏几道虽然难过，但并没有受影响，因为他一直喜欢填讲述相思离别的情词。他曾在《小山词自序》中说："起初好友沈、陈家有莲、鸿、苹、云四位歌女，常常吟诗唱词取悦宾客。每次我有了新歌，就写在草稿上给她们唱。后来陈君宠得病卧床，沈廉叔去世，以前写的歌词都随着歌女流落江湖。"[3]

《小山词》中有大量描述晏几道与四名歌女缠绵悱恻、风花雪月的词。比如描写初识小苹的《临江仙》：

梦后楼台高锁，酒醒帘幕低垂。去年春恨却来时。
落花人独立，微雨燕双飞。
记得小蘋初见，两重心字罗衣。琵琶弦上说相思。
当时明月在，曾照彩云归。[4]

描写梦醒之后，看到人去楼空，酒意全消，与去年伤春同样的感觉再次袭上心头。接着借用翁宏的《春残》诗："又是春残也，如何出翠帏。落花人独立，微雨燕双飞。"将最后两句诗融入词中，妙手天成。下片则写与小苹初见的情形，最后写小苹离去，就像一朵美丽的彩云翩然飞去。从追忆、离别、相思，叙写自己的孤寂。

另一首《鹧鸪天》写的则是与某位歌女别后重逢、悲喜交集的情景：

彩袖殷勤捧玉钟。当年拚却醉颜红。
舞低杨柳楼心月，歌尽桃花扇影风。
从别后，忆相逢。几回魂梦与君同。
今宵剩把银釭照，犹恐相逢是梦中。[5]

以前在一起时很欢乐，分离后常常思念她，却只能在梦中重逢。今夜相逢，一定要用银灯细看，免得又是一场梦。词中洋溢着久别的相思与重逢的惊喜。

黄庭坚说晏几道有"四痴"。第一痴：官途不顺遂，不靠老爸相识的贵人提拔。第二痴：写文章有自己的方法，不肯学当时新进人士的流行文体。第三痴：花钱如流水，却让家人饥寒交迫。第四痴：人家千百次辜负他，却一点也不记恨，自始至终都不相信别人欺骗自己。

这些“痴”是晏几道的执着与痴念，也是他与众不同的可爱处。黄庭坚还说，诸位前辈虽然爱护晏几道，但也认为他做事过分谨慎小心，因此做不了大官。

《鹧鸪天·小令尊前见玉箫》描写的是，在春天的夜晚，晏几道参加宴会时遇到一位美人，美人长得妖娇，让他心动不已。两人在银灯下高唱欢饮，喝醉也心甘情愿。回家以后，因为太思念歌妓，梦魂想悄悄回到青楼去寻找伊人。“碧云天”是暗示佳人所住的地方远在天边，“楚宫遥”是指她住在“楚王之宫”，侯门深似海，暗指她的身份是歌妓。

词中的“玉箫”是人名，以唐代歌妓韩玉箫比喻劝酒的歌女。当年韩玉箫与穷秀才韦皋相爱，但韩母从中阻挠。韦皋进京赶考，玉箫思念成疾，自画影像并填词一首，寄给韦皋，不久后便去世。[6]

“谢桥”指的是前往青楼酒筵歌席的必经之路。东晋时，王导与谢安是左右朝廷的两大权臣，谢家子弟寻欢时路过的桥，便叫谢桥。晏几道在现实中踏着杨花去寻欢，夜里则魂魄飘忽着与爱人幽会。

这首歌一经传唱，搔着了许多道貌岸然者的痒处，连守旧迂腐的理学家程颐听到“梦魂惯得无拘检，又踏杨花过谢桥”，都笑说：“鬼语！鬼语！”鬼语不是鬼话，而是赞美晏几道的创作能力，因为这种幽渺的意境只有鬼才写得出来。

后来，清代浙西词派的厉鹗在《论词绝句》中评论这首词说:“鬼语分明爱赏多，小山小令擅清歌。”再三强调程颐说这词是鬼语，分明就是非常欣赏与喜爱晏几道（号小山）写的小词，因为晏几道最擅长清歌啊!

晏几道的歌被视为词史的逆流，因为同一时期的词家如苏轼，都已把词从小令扩充到长调了，词的内容格局也拓展到怀古、悼亡、打猎等。但是在晏几道的两百五十二首词里，长调不到十首。词的内容依然是怀念歌妓的爱情，生动描述莲、鸿、苹、云四位歌女的音容笑貌，以及对往事的思念。即使如此，能让理学大家程颐都为之折服，晏几道的填词才情，不言而喻。

注释:

1. 参考覃媛元:《晏几道年谱》。
2. 参考邵博:《邵氏闻见后录》，卷十九。“少师报书:‘得新词盈卷，盖才有余而德不足者，愿郎君捐有余之才，补不足之德，不胜门下老吏之望’云。”
3. 晏几道《小山词自序》:“始时，沈十二廉叔、陈十君宠家，有莲、鸿、苹、云，品清讴娱客。每得一解，即以草授诸儿。吾三人持酒听之，为一笑乐。已而君宠疾废卧家，廉叔下世，昔之狂篇醉句，遂与两家歌儿酒使俱流传于人间。”
4. 释义：梦醒后只见楼台已经紧锁，酒意消退后，也只见厚重的帷帘低垂。去年春天离别的愁恨，又涌上心头，在这落花时节，独自凝立，在细雨中，燕子双双翩飞。/ /依然记得和小苹初次相见，她穿着两重心字的罗衣。弹奏着琵琶，诉说相思的情味，当时的皎洁明月仍在眼前，她却像美丽的彩云，已然飞离。

5. 释义：当年你捧着精致的玉杯，殷勤地劝我喝酒，我总是开怀畅饮，喝得满脸通红。多少夜晚你翩翩起舞，忘却时光的流逝，直到楼心上的月亮，渐渐西沉到柳条下垂的地方。在桃花盛开的夜晚，你轻摇着扇子，尽情地歌唱，直到筋疲力竭。/ / 自从那次离别后，我总是怀念那些与你相逢的美好日子，几次梦里与你相拥。今夜我们真的重逢，我举起银灯仔细端详，深怕这次相逢又是在梦中。

6. 参考范摅:《云溪友议》，卷中。

逃亡之歌？非也非也

夜饮东坡醒复醉，归来仿佛三更。
家童鼻息已雷鸣。
敲门都不应，倚杖听江声。

长恨此身非我有，何时忘却营营。
夜阑风静縠纹平。
小舟从此逝，江海寄馀生。

——苏轼《临江仙》

晚上在东坡喝酒，醒了醉，醉了醒。回家时已是夜半三更，敲了半天门也无人回应，只听到家童如雷的鼾声。于是我拄着拐杖走到江边，听着滔滔江水声，一时有遗世独立、飘然出尘的顿悟感。

常恨这身子不是我自己所有，到底何时才能忘记为功名利禄而奔走钻营呢？夜半水平波静，真想驾起一叶扁舟，泛游江海度过余生。

苏轼是大名鼎鼎的文豪，如果宋代有奥斯卡最佳作词奖，得主一定是他。他的诗、文、词得到众多文学迷的喜爱。不过少有人知道，他曾因回家太晚无人应门，在江边观水，唱了一首歌抒发心境，竟然差点被当成逃犯。

苏轼因“乌台诗案”[1]入狱一百三十天。出狱后，他被贬谪到黄州（今湖北黄冈）当团练副使，非但不能签公文，还被限制出境，不得随意离开黄州。

团练副使的薪俸微薄，一家老小连衣食都成问题。苏轼写信给秦观说，生活只有节俭再节俭。每月一日领薪后，先把四千五百钱分成三十份，再把钱挂在屋梁上，每天所用不可超过一百五十钱。要用钱时，就用叉子把钱取下来，而且平常要把叉子藏起来。没用完的钱藏在竹筒里，用来招待客人。

苏轼写过一篇《节饮食说》，大意是说，从今以后，每餐只能喝一杯酒，吃一道荤菜。若有贵客远来拜访，招待时也不可以超过三道荤菜，而且只能少不能多。如果别人请吃饭，也要事先说明，不要超过这个标准。若对方不答应，就不去赴宴。

他认为这样做，一可安分养福气，二可宽胃养神气，三可省钱养财气。[2]

苏轼懂得节流，但更想开源增加收入，否则朋友来访，连喝酒的钱都没有。但他是朝廷罪犯，没有资格申请土地。聪明的苏轼想到了借人头的法子，请老友马梦得帮忙，申请了一片五十亩废弃的营地来耕种。

说起这个马梦得，他原本在京师做太学正，掌管学规、训导，生活清苦，性情耿介，所以“学生既不喜，博士亦忌之”。他不会取悦学生或是迎合同僚，也没什么朋友。有一天苏轼去拜访他，刚好他不在，苏轼便随手抓了纸，题上杜甫的《秋雨叹》：

雨中百草秋烂死，阶下决明颜色鲜。
著叶满枝翠羽盖，开花无数黄金钱。
凉风萧萧吹汝急，恐汝后时难独立。
堂上书生空白头，临风三嗅馨香泣。

这首诗叹惜资质明丽的决明草，将在风中随百草一同烂死，用来比喻书生的命运。如果一直教着不想听课的学生，不受尊重，真会白头穷老，一事无成。马梦得受到“开示”，决心不再坐冷板凳，辞掉工作，跟着苏轼到凤翔府当幕僚，然后也一路跟到了黄州。

马梦得比苏轼晚八天生。苏轼曾写《马梦得穷》，说这一年生的都是命中注定当穷鬼的人，并说马梦得怀才不遇，跟着自己没什么前途，现在甚至跟到了黄州。苏轼认为马梦得比自己更穷，是穷者之冠。

两个穷人在一起，只有努力开垦田地，补足生活所需。苏轼把这块开垦的田地叫作“东坡”，因为他深爱白居易被贬谪到忠州时作的《步东坡》诗：“朝上东坡步，夕上东坡步。东坡何所爱，爱此新成树。”他在田里盖了几间草屋，把中间的堂屋命名为“雪堂”，并自署匾额。雪堂成为他接待朋友的地方。后来他干脆自号“东坡居士”，让大家忘了白居易也曾叫“东坡”。

苏轼在黄州时，可能因为营养不良，也可能是水土不服，或是内心忧虑，担心不知何时又要被检举，得罪朝廷，得了红眼病，整整一个月也没好，眼睛红红的，不想出门见人。外面谣传他已经死了。

远在许昌的朋友范景仁听了信以为真，以为可怜的老友受不了折磨病死，痛哭流涕，并火速召来弟子，派他去苏家哀悼。弟子比较镇静，慢慢地说：“人命关天，传闻不知是真是假。应该先写信去打听，若是真的，再去吊丧也不晚。”因此范景仁先派了仆人渡江探视。苏轼听完哈哈大笑，日后在《量移汝州谢表》[3]中说：“疾病连年，人皆相传为已死。”此事也可说明苏轼的行踪是众人焦点，他说什么话，做什么事，都会被放大解读。

苏轼在黄州将近三年时，有一天晚上与朋友在雪堂喝酒，回到家却无人应门，只好到江边发呆，想起风光的往事。

二十二岁科考时，主考官欧阳修因为想改变文风，见到苏轼撰写的《刑赏忠厚论》试卷，惊为奇文，本来想取为进士第一名，又担心是旗下门生曾巩写的，怕被说闲话，只好把他放在第二名。欧阳修后来对梅圣俞说："我当避开此人，让他出人头地。"

宋仁宗第一次读到苏轼、苏辙的制策时，大为赞赏，退朝后开心地说："朕今日为子孙得到了两个宰相。"宋神宗尤其喜爱苏轼的文章，常常读到废寝忘食，赞为天下奇才。

而如今，这些风光都成为过眼烟云。苏轼拄着拐杖站在江边，江风冷冽，吹得人特别清醒。想到自己仕途受挫，下过监牢，被困在黄州，理想抱负都无从实现，自省人生如此汲汲营营，到底为了什么。人生好像只剩下恐惧与战兢，也无法得知何时能够挣脱朝廷罪人的捆索，离开黄州。在夜深风静下思考人生的遭遇，感叹天不从人愿，很多努力都是白忙一场。一旦想通了人生的变数与无奈，不再无谓执着，自然转为追求精神的自由，不如驾着一叶扁舟，逍遥地度过余生。

苏轼把这件事与上述心情全写在这首《临江仙》词里。写完词后，他和朋友唱了几次。没想到，不久竟谣传苏轼作了词，唱完歌，就此驾船长啸而去。这件事和这首歌很快传遍黄州，惊动了黄州太守徐君猷，甚至还传到京师，连宋神宗都一度怀疑苏轼变成逃犯。太守徐君猷很着急，以为苏轼真的驾小舟逃亡，落下“州失罪人”的罪名，赶紧驱车四处寻找，最后发现他好端端地在家中睡觉，鼾声如雷。

除了这首引起骚动的《临江仙》，苏轼在黄州期间，词的质与量都达到了巅峰，被视为创作巅峰期。比如同样在黄州写的《念奴娇》就长久雄踞“宋词排行榜”第一名，深得大众喜爱。苏轼曾写诗《自题金山画像》自嘲：“问汝平生功业？黄州、惠州、儋州。”虽是自嘲，但经过黄州四年半的磨炼，他的人生态度更为圆融，词作豪中带旷，屡创佳作。

注释：

1. “乌台”，指御史台，因御史台内种满柏树，又称“柏台”。柏树上常有乌鸦栖息筑巢，故称乌台。御史舒亶寻摘苏轼诗句，控告苏轼讥讽新法，害苏轼下监牢，称“乌台诗案”。
2. 苏轼：《苏轼文集·节饮食说》，卷七十三。
3. “量移”：被贬逐到远方的臣子，遇赦改为近地安置。有罪臣复起的意思。

别唱啦，这歌惹得老师不开心

山抹微云，天连衰草，画角声断谯门。
暂停征棹，聊共引离尊。
多少蓬莱旧事，空回首、烟霭纷纷。
斜阳外，寒鸦万点，流水绕孤村。

销魂。当此际，香囊暗解，罗带轻分。
谩赢得、青楼薄幸名存。
此去何时见也，襟袖上、空惹啼痕。
伤情处，高城望断，灯火已黄昏。

——秦观《满庭芳》

秋末冬初的会稽山上，天边轻轻抹上了几朵淡淡的云彩；远天与枯草相连。城门楼上响起号角声，时断时续。我坐在归乡的客船上，举起酒杯与歌妓话别。回想住在蓬莱阁的日子，多少男女间的情事，此刻已化作缕缕烟云飞逝。眼前夕阳西下，飞越的寒鸦万点，点缀着天空，一弯流水围绕着孤村。

离别最叫人伤心。我俩难分难舍，她轻轻地解开了腰间的系带，取下香囊，当作留念之物。徒然赢得青楼薄情的名声罢了。这一去也不知何时重逢。我的衣袖虽被离别的泪水沾湿，却也无法停止脚步。正在伤心悲情的时候，一转头已经看不见高城，万家灯火已起，天色已是黄昏。

苏轼的学生秦观出身扬州，由于扬州“北据淮，南距海”，所以别号“淮海居士”。秦观是个很爱歌唱的人，也常常为歌妓写歌。

秦观三十一岁[1]时还没中举，到处找机会。当时，程师孟任越州太守，秦观去做客，住在蓬莱阁中，两人“酬唱百篇”，相处甚欢。有一天，他在酒席间看到一名心仪的歌妓，念念不忘，写下这首有名的《满庭芳》。[2]

秦观的《满庭芳》写青楼里没有结局的爱情，以及分别时的缠绵凄婉，只赢得“薄幸”之名的无奈，引起情场浪子们的共鸣，到处被点唱，可谓“唱遍歌楼”。苏轼甚至戏称他是“山抹微云君”。

秦观去汴京后，见到老师。苏轼对他说：“好久没见到你了，你的写作水平愈来愈高，现在汴京城里都流行唱你的‘山抹微云’词。”秦观听完很开心，假装谦虚地说：“谢谢，哪里哪里。”以为老师与有荣焉，哪知苏轼接着说：“没想到我们分别后，你竟然跑去学柳永填词。”秦观吓了一跳：“徒弟虽然学识浅薄，却也不至于去学柳永的词。先生未免言过其实了。”苏轼说:“什么没有！你那句‘销魂。当此际’难道不是柳永的句法吗？”小伎俩一下子就被老师识破，秦观惭愧又服气。但是，已经如此流行的歌，无法再改动字句了。[3]

苏轼和晏殊一样不屑于柳永词的浅俗与艳俗，所以责难秦观学柳永的词。但这首《满庭芳》既婉美又妩媚，深深赢得了众人的心，连秦观的女婿范温也因此沾光。

范温有一次参加宴会，主人家有个会歌唱的侍儿，最擅长唱秦观的词。当时范温坐在人群中，她都懒得看他。范温个性拘谨，不敢吭声。等到酒酣耳热，侍儿问:“这个少年郎到底是谁啊？”范温马上站起来，不慌不忙地回答:“我是山抹微云的女婿。”听到的人都笑成一团。[4]可见这首《满庭芳》的风靡程度。

当时有位名妓叫琴操，人聪颖又擅长写词。有一次，她在西湖边听到一个士卒用第六部真文韵唱《满庭芳》，却唱错了一个韵，把“画角声断谯门”误唱成“画角声断斜阳”，忍不住出声指正。士卒开玩笑说:“那么厉害啊，那你会改韵吗？”琴操当场把这首词改成第二部阳韵：

山抹微云，天连衰草，画角声断斜阳。
暂停征辔，聊共饮离觞。
多少蓬莱旧侣，频回首烟霭茫茫。
孤村里，寒鸦万点，流水绕红墙。

魂伤。当此际，轻分罗带，暗解香囊。
谩赢得、青楼薄幸名狂。
此去何时见也，襟袖上，空有余香。
伤心处，高城望断，灯火已昏黄。

再次证明这首歌唱遍大街小巷，连西湖旁的小官也要哼上几句，歌妓不仅爱唱，甚至熟到可以改编。

更夸张的是，靖康年间，有个女子被金兵抓了，她自称是秦观的女儿，期望借着秦观的名气被放走。[5]元代的宋无在《啽呓集》里感叹："看来山抹微云恨，直送蛾眉出汉关。"[6]意思是说，美女被金人抢夺送出汉关，秦观如果地下有知，应该会觉得这是一件恨事。

《满庭芳》红透半边天，能写出如此脍炙人口的歌词的秦观，到底是怎样的人？早年的秦观"强志盛气，好大而见奇"[7]，十分豪迈。生性天真，以为天下无难事，只要努力就可以得到功名。早年自取"太虚"为字，借此表明心似天高，气凌太虚。

他不屑写当时流行的文体，找工作四处碰壁。科举落榜后，退隐故乡扬州，写信给苏轼抱怨自己名落孙山，说："长年颇为儿女子所嗤笑耳。"[8]三十七岁好不容易中举，后来看到苏轼被贬，有点担心，便借口羡慕汉朝伏波将军马援的堂弟马少游，志向淡泊，优游过日，改字为"少游"。

秦观考中进士后，由于种种曲折，直到四十二岁才再次被召到京师。但因被视为苏轼的蜀党人马，遭到洛党贾易的攻击，说他的词里多写男女之事，行为不检，后来被罢去了勘正文字的工作。两年以后，秦观升迁为国史院编修，度过一生中最得意的三年。他和黄庭坚、张耒、晁补之都是苏轼门下，人称“苏门四学士”。苏轼最喜爱他，曾说自己与秦观是“同升并黜”，但实际上秦观得到的好处比较少，倒霉受牵连的时候反而比较多。

哲宗亲政后，秦观因属于苏轼的蜀党，被连坐贬到杭州。御史刘拯也告状说：秦观撰写专门记录神宗日常生活的《神宗实录》不够精确，没有尽责。但其实是因为神宗变法，其中有争议，他因此增加或减少内容，并加入了自己的看法，不过最终还是被贬到处州（今浙江）。后来又被罗织罪名，说他请病假在法海寺内写佛书，因此再被贬到郴州（今湖南）。最后编管横州（今广西），限制人身自由。第二年又迁到雷州（今广东海康）。连连遭贬的秦观非常消沉，写下“南土四时尽热，愁人日夜俱长”[9]，觉得离京师愈远，归乡无期。他还自写挽词，表达心中的哀凄。

神宗过世后，刚即位的徽宗马上下赦令。苏轼自海南岛到廉州，途经海康，和秦观见了面。随即秦观也被放还，却在同年八月醉卧藤州（今广西藤县）光化亭上，溘然长逝，年仅五十二岁。

苏门四学士之一的张耒曾作《祭秦少游文》，道尽秦观坎坷的一生，历经忧患，无端遭受责骂，最后死于广西荒郊野外，未活到六十岁，实在悲哀。苏轼虽然对《满庭芳》不太高兴，但在学生里最欣赏秦观，听到他的死讯后伤痛不已，两天吃不下饭。尽管很穷，他还是拿出五两银子给秦观斋僧，并一再写哀悼的诗文纪念他，感叹："少游不幸死道路，哀哉！世岂复有斯人乎？"

注释：

1. 参考秦观撰，徐培均校注：《淮海居士长短句》。
2. 参考胡仔：《苕溪渔隐丛话》，卷三三。
3. 参考黄升：《花庵词选》，卷二。秦少游自会稽入京，见东坡。坡曰："久别当作文甚胜，都下盛唱公'山抹微云'之词。"秦逊谢。坡遽云："不意别后，公却学柳七作词。"秦答曰："某虽无识，亦不至是。先生之言，无乃过乎？"坡云："'销魂。当此际'，非柳词句法乎？"秦惭服。然已流传，不复可改矣。
4. 参考蔡绦：《铁围山丛谈》，卷四。
5. 宋无撰：《啼呓集》。
6. 宋无撰：《啼呓集》。
7. 参考脱脱：《宋史·秦观传》，卷四四四。
8. 参考秦观：《淮海集·与苏公先生简》，卷三十。
9. 秦观：《宁浦书事》，六首之三。

鹣鲽情深是一回事，拼场还是不能输

薄雾浓云愁永昼。瑞脑消金兽。
佳节又重阳，玉枕纱厨，半夜凉初透。

东篱把酒黄昏后。有暗香盈袖。
莫道不消魂，帘卷西风，人似黄花瘦。

——李清照《醉花阴》

屋外弥漫着薄薄的雾气，天空中飘浮着沉重的浓云，我心中忧愁烦闷，时间很难打发。龙脑香在金兽香炉中缭袅。重阳佳节又到了，我头靠瓷枕睡在纱帐里，半夜时分，阵阵凉意袭人。

黄昏后，我在菊圃的篱笆旁饮酒，一股香气暗中飘来，盈满我的衫袖。我黯然神伤，西风卷起珠帘，人就像菊花一样消瘦。

宋代会填词的女子大约可分为三类。一、出身书香家庭的名门淑媛，家中有父兄辈可以教诗词，如李清照、朱淑真等；二、与文人士子交往甚密的青楼女子，她们要接受严格的诗、书、琴、棋、画、茶、酒等教导，才能伺候、取悦客人，如琴操、严蕊等；三、一般家庭出身的女性，有机会学诗词，如吴淑姬等。不过女词人空有才华，命运大都不太好，不是遇人不淑，或者丈夫不懂怜香惜玉，也不懂文学；就是无子或家贫。但李清照很幸运，丈夫懂文学，两人相知相惜，造就文坛佳话。

李清照号“易安居士”，出身济南官宦之家，少女时期就才华横溢。父亲李格非是主管政令的礼部员外郎，母亲是状元王拱宸的孙女，同样精通诗文。夫婿赵明诚也是山东人，其父赵挺之时任吏部侍郎，后来成为丞相。

赵明诚小时候曾梦见自己在读一本书，醒来只记得“言与司合，安上已脱，芝芙草拔”这三句。他把这件事转告父亲后，赵挺之解释——“言与司合”是个词字，“安上已脱”是个女字，“芝芙草拔”是“之夫”两字——你将来会是个“词女之夫”。

李清照与赵明诚结婚时，年仅十八，当时赵明诚还在太学读书。婚后两人感情极好，志趣、嗜好无不相投。两人除了诗词唱和，还喜爱搜集和研究古代的金石美术，到处买名人书画、碑帖与古董，回家后仔细研究与整理。《金石录·后序》记载，夫妇两人常在饭后饮茗闲聊，指着堆积的书，打赌说某一件事写在某一部书里的第几卷、第几页和第几行，说对的人就可以先喝茶，结果往往笑得连茶都洒在怀里。可见日子过得很快乐。

《醉花阴》的词调最早见于毛滂的《东堂词》，词牌取自毛滂的“人在翠阴中”。但是李清照到底什么时候填写这首词，却有好几种说法。

一说写于徽宗崇宁三年（一一〇四年）重阳节。因为前一年九月，朝廷要求宗室不得与元佑党人的子孙通婚，也禁止党人子弟居住在京城。李清照的父亲李格非属于元佑党，她不得不与结婚才三年的丈夫分别。饱尝夫妻分离之苦的李清照，在翌年重阳节写下这首词。

一说是大观二年（一一〇八年）所写。因为赵明诚与妹婿李擢去天山游玩，玩得流连忘返，留李清照一人在家。重阳节赏菊却无人相伴，所以作词抒发思念之情。[1]

还有学者认为这首词写作时间更晚，大约是宋徽宗宣和二年（一一二〇年），写于赵明诚去莱州当官，她一个人留在青州的时候。

不管是哪一年写的，都是李清照重阳节时因为思念亲人而写下。词题“九日”，古人到重阳佳节，都要佩戴茱萸囊登高、喝菊花酒，以此避灾。重阳节还有怀乡思亲、期待家人团圆的重大意义。李清照与丈夫分别后的重阳节，倍加思念丈夫，引发愁思。“瑞脑消金兽”指的是当时妇女房内都有香炉，炉上往往刻着野兽形貌以避邪。点香是为了取暖，愉悦心情，但也有安神涤秽、增加祥和气氛的功用，也就是所谓的“香气养性”，在香气中安定心灵，放松身心，培养心性，提升自我。

李清照把这首词寄给丈夫。赵明诚读了，既叹服又欣赏，也想写一首思念妻子的词，而且千万不能写输。较劲意味浓厚。他闭门谢客，废寝忘食，写了三天三夜，总共填了五十首词，再把李清照的《醉花阴》抄了一遍，混入其中，请朋友陆德夫品评。陆德夫再三吟赏，最后说：“只有三句最好。”赵明诚追问是哪三句。陆回答：“莫道不消魂，帘卷西风，人似黄花瘦。”都是李清照所写。赵明诚彻底被打败，不得不折服在石榴裙下。[2]

《醉花阴》居《宋词排行榜》第十六名，历代词评赞誉有加。明代的吴宽有《易安居士画像题辞》：“金石姻缘翰墨芬，文萧夫妇尽能文。西风庭院秋如水，人比黄花瘦几分。”清代的谭莹则在《古今词辨》中说：“绿肥红瘦语嫣然，人比黄花更可怜。若并诗中论位置，易安居士李青莲。”大力推崇李清照，说她把“绿肥红瘦”与“人似黄花瘦”两句词，写得如此嫣然又楚楚可怜，真是了不起，简直与李白同等地位。

李清照的才情，让南宋的王灼在《碧鸡漫志》里赞许：“作长短句能曲折尽人意”，称她是“本朝妇人，文采第一”。李清照尤其擅长词，她的书画名声反倒湮灭无闻。明代沈谦《填词杂说》则赞美：“男中李后主，女中李易安，极是当行本色。前此太白，故称词家三李。”

除了词，李清照还写有《词论》一文，强调词的音乐作用，并对苏轼以写诗的方式来填词不以为然，嘲笑苏轼的词就像是没修饰过的诗，以为长长短短就是词。她认为词与诗并不相同，词在韵文中“别是一家”，另成一体，绝对不是诗的附属。

赵、李刚结婚时，羡煞多少人，可惜日后发生一连串事故，父亲李格非被冠上“元佑党人”的罪名，再加上国家动荡，靖康之变后与丈夫避难南渡，不久赵明诚病逝。以前的日子有多快乐，后来只身漂泊的日子就有多凄凉、多痛苦。

不过，赵明诚和李清照志趣相投，他们长期搜集、研究、考订金石，最后编成一本《金石录》，是自欧阳修《集古录》之后，最成系统的金石学著作。虽然写词写不赢妻子，但李清照三十一岁生日时，赵明诚为妻题词：“清丽其词，端庄其品，归去来兮，真堪偕隐。”赞叹妻子的好品德与美妙文采，认为他们应该一起隐居，充分表达了两人的鹣鲽情深。

注释：

1. 徐培钧:《李清照集笺注》，页五四。

2. 参考伊世珍:《琅嬛记》，卷中。

正气凌云高声唱，惨遭流放海南岛

富贵本无心，何事故乡轻别。
空使猿惊鹤怨，误薜萝风月。

囊锥刚要出头来，不道甚时节。
欲驾巾车归去，有豺狼当辙。

——胡铨《好事近》

我本来就无心富贵，到底为何事离开故乡出来谋官？我弃隐而仕，白白造成猿惊鹤怨，辜负了山中的松萝美景与岁月。

也不想想，这是什么时节？硬要出头，还上书斥奸，无奈没有成效，结果被贬斥。想驾车回到故里田园，却有独掌大权的豺狼当道。

面对不公不义，有人选择沉默，有人不平则鸣，但大部分人都是鸣后而“衰”，也就是仗义执言后倒霉上身。好比司马迁，尽力为李陵辩护却触怒汉武帝，惨遭宫刑。宋代负责编修国史的官员胡铨勇敢发声，反对专权跋扈的宰相秦桧，同样惨遭修理，贬谪远方。

胡铨二十五岁参加科举考试，回答“治道本天，天道本民”的考题，引古证今，层层分析，指出治理之道就是顺应天道，而天道则是顺从百姓的需要，并指出宋高宗用人的失误。[1] 高宗本来要让他当第一名，但有人忌恨他的耿直，把他移为第五名。

金兵大举南侵时，高宗仓皇渡江南逃，狼狈不堪。胡铨此时正在家中守孝，毅然招募乡勇，奋起抵抗金兵，自此声名大振。

南渡后，金国派遣使节携带国书，在王伦的陪同下，来到南宋都城临安（今杭州）和谈。金朝派来的特使态度傲慢，目中无人，高宗和宰相秦桧却一味苟且偷安，不惜卑躬屈膝与金使和议，宋高宗向金国称臣。

这次和议激起朝中多数大臣与民众的愤慨，遭到反对。胡铨反对最激烈，他上书高宗说：“臣属于枢密院的官，在道义上与秦桧有不共戴天之仇。微臣小小的心愿，就是请斩三人头（指秦桧、王伦、孙近），然后悬挂在竹竿上游街示众。”[2]

胡铨公然与秦桧唱反调，不只揭发朝廷与金国的议和阴谋，还要求高宗将秦桧、王伦、孙近三人斩首。否则他宁愿投东海而死，也决不在小朝廷里求活。

这篇奏疏一传出，立即产生强烈的影响。宜兴进士吴师古很快将相关资料刻版付印，四处散发，从官员到百姓争相传诵。金人听说此事后，急忙用千金求购，三天后买到，君臣大惊失色，连连称“南朝有人”。[3]

秦桧等人知道后，由恐惧转为恼怒，认为胡铨“狂妄凶悖，鼓众劫持”，打算削去胡铨所有的官籍与官爵，并派他到昭州（今广西平乐），让他失去人身自由，没有薪俸可领。胡铨被除名的诏令传告朝廷内外，众友人纷纷设法营救，秦桧迫于公论，最后改派胡铨去广州监管盐仓。

四年后，胡铨又被发配到新州（今广东新兴）。新州是“烟瘴岭南”，但胡铨内心安定，在那里利用空闲时间读《易》学，坚守忠节。

另一方面，积极主战派的老宰相李光因为斥责秦桧，与赵鼎一同被贬至海南岛。当时的海南岛比鬼门关还让人害怕，官员若知道被贬往海南，宁可自杀。苏轼就曾经被贬谪海南，与家人分别时“子孙恸哭于江边，已为死别”[4]。他也在写给朋友的信中说可能无法活着回去，已交代长子苏迈处理后事，到海南后会先做棺木，再购置墓地。[5]

胡铨听到主战派将领张浚同样被免职，又传来赵鼎绝食而死于海南的噩耗，心中无限悲愤，真是奸臣当道，残害忠良。在与朋友诗酒唱和后，慷慨激昂，整晚睡不着，写下了这首《好事近》，狂歌高唱。这也是胡铨最著名的一首词。

词中写他被贬异乡，怀念故乡，心中愁绪与悔恨交织。胡铨借着唱歌宣泄心中郁抑，也指责朝廷“有豺狼当辙”，表明虽然远谪天涯又人微言轻，但是会继续和秦桧一伙人周旋到底。

新州郡守张棣是个攀附秦桧的小人，看到“豺狼当辙”，认为抓到了胡铨的小辫子，立马上报。秦桧看到后非常生气，以“谤讪怨望”之罪，将胡铨同样贬到海南和李光做伴。这一年，胡铨四十七岁。

张棣选了和他一样坏的使臣游崇，送胡铨去海南岛，并将胡铨的盘缠全部封在小项筒（一种刑具，类似枷锁）里，害胡铨一路步行到雷州（今广东）。当时有些地方官热衷于监视被贬官流放的官员，看他们是否怨恨朝廷，有没有其他党羽等，再将信息上报朝廷，换取升迁。但雷州地方官王趯是个不畏强权、廉洁正直的人，坚决不出卖落难的官员，对过境的贬官、流人待之以礼。当胡铨被官差押解到雷州之后，王趯想帮助胡铨，便以游崇身上携带私茶为由，逮捕了他，改派自己的心腹护送胡铨去海南，并准备了盘缠送给他。后来王趯也被人检举，流放异地，直到秦桧病死后才再次被重用。

胡铨在海南待了八年，秦桧死后，他和老宰相李光一道奉诏还朝。要离开海南岛时，他感怀赵丞相一片丹心浩气忠于朝廷，竟然死在异乡，写下脍炙人口的《哭赵鼎》:“阁下大书三姓在，海南唯见两翁还。”指秦桧家中的屏风上写着赵鼎、李光、胡铨三个人的名字，一心只想杀害三人泄愤。如今赵鼎已去世，只剩李光、胡铨被召回临安。而事实上，李光死于归途，活着回到临安的只有胡铨一人。胡铨与李纲、赵鼎、李光，被合称为“南宋四名臣”。

胡铨因为唱了一首歌，遭到秦桧迫害，其执着的爱国精神令人感佩。在他去世多年后，仍有金国使者来到临安，满怀敬意地问:“胡铨学士，尚能饭否？”

注释:

1. 参考脱脱:《宋史・胡铨传》，卷三七四。
2. 参考胡铨:《戊午上高宗封事》。
3. 罗大经:《鹤林玉露》，甲编，卷六。
4. 苏轼:《苏轼文集・到昌化军谢表》，卷二十四。
5. 苏轼:《苏轼文集・与王敏仲》，十八首之十六，卷五十六。“无复生还之望，昨与长子迈绝，已处置后事矣。今到海南，首当作棺，次便作墓。”

把同仇敌忾唱出来，退休金飞了

梦绕神州路。怅秋风、连营画角，故宫离黍。底事昆仑倾砥柱。九地黄流乱注。聚万落、千村狐兔。天意从来高难问，况人情、老易悲如许。更南浦，送君去。

凉生岸柳催残暑。耿斜河、疏星淡月，断云微度。万里江山知何处。回首对床夜语。雁不到、书成谁与。目尽青天怀今古，肯儿曹、恩怨相尔汝。举大白，听金缕。

——张元幹《贺新郎》

梦中我的魂魄一直萦绕着中原，那片早已沦陷的国土。在秋风萧瑟中，号角声响彻军营，金兵训练有素，军容威壮。故都汴京已长满荒草，让人惆怅。为何像昆仑山一样的天柱会崩倒，害得黄河溃堤，大地浊流泛滥，百姓饱受痛苦？本来安居乐业的土地，变成狐兔盘踞横行的地狱。天意向来高深莫测，何况许多南渡的人都已逐渐老去，收复失地的热情也慢慢消失，即使心中悲苦，又能向谁诉说呢？我只能在南浦送君远去。

我俩在水畔饯别，柳枝随风飘起，凉气习习。夜晚银河斜转，只见远天疏星淡月，片云飘浮。此次离别后，不知胡公会流落在哪里。两人相距万里，想起往日如朋友、兄弟般彻夜长谈的情景，已经是不可能了。北雁南飞，却无法飞到新州，如何将书信寄给你呢？你我胸怀天下，追想古今，怎能只顾得个人的离合、恩怨与荣辱呢？只好开怀畅饮，再听一回那首送别的《金缕曲》。

胡铨由于反对秦桧被贬到新州，福建人张元幹则因为唱了一首歌声援胡铨，被抄家除名，退休金也被全部取消，惨遭池鱼之殃。

宋钦宗时，金兵渡过黄河围攻开封，当时张元幹是李纲的幕僚，负责防守开封。危急时刻，李纲坚决抗金，力谏死守，张元幹则奋勇杀敌，多次击退金兵的进攻。但是钦宗误信谗言，李纲被免职，张元幹也在同一天被免职。

后来靖康之变，徽宗、钦宗被掳，张元幹避难江南。宋高宗起用李纲为宰相，三十九岁的张元幹也被召回朝廷。但在主和派的打击下，李纲只当了七十五天宰相就被免职。张元幹也饱受主和派的毁谤与流言骚扰，很想回归故乡福建，他说："我辈避谗过避贼。"[1]最后在四十一岁以右朝奉郎（有薪水无职务的六品散官）退休，回到故乡福州。[2]

张元幹在福州过着平安无事的日子，不料绍兴年间，秦桧谋划与金议和，张元幹得知老长官李纲为此上疏并遭到罢官，被李的精神感动，也在福州上疏反对议和卖国，后来又写《贺新郎·寄李伯纪丞相》表示支持。

接着，胡铨上书请斩秦桧以谢天下，朝野震惊。秦桧恼羞成怒，不只想置胡铨于死地，凡是与胡铨有牵连的人都加重贬谪。胡铨的同乡王卢溪写诗送他，秦桧知道后大怒，尽管王卢溪已弃官二十多年，秦桧还是把他流放到夜郎。[3]陈刚中写信问候胡铨，被贬到江西。吴师古将胡铨的奏疏刻版付印四处散发，同样被流放，最后死在任上。[4]胡铨被贬新州时，秦桧气焰熏天，大家都怕被秦桧罗织罪名，甚至不敢和胡铨讲话。[5]即使是胡铨的亲友们，也担心惹祸上身，都恨不得快快远离他。[6]

张元幹不顾个人安危，特地为胡铨饯行。旧友相见，心情激荡，两人有共同的志向，境遇却一样惨淡。张元幹奋笔疾书，写下这首《贺新郎》。

《贺新郎》的词调充满了慷慨激昂与悲壮苍凉的情感，属于豪放调。张元幹在词中感叹"雁不到、书成谁与"，胡铨这一去新州，连秋雁都飞不到，如何传达自己对他的关怀？好人被贬到那么远的地方，恶人却在朝廷把政，真是天道不公，果真"天意从来高难问"，老天一向我行我素，人情则是愈来愈冷。人生实在无奈。《贺新郎》描述有志者同仇敌忾的心境，流传很广。

后来南宋杨冠卿也写了一首《贺新郎》。他在词序里写道，自己与一位道士经过垂虹桥时，正在讨论蓬莱、弱水等不易到达的仙境，听到旁边的溪童高歌张元幹的《贺新郎》，声音洪亮。可见此词流传之广。

过了九年，张元幹六十一岁时，阴险狠毒的秦桧终于读到张元幹送给胡铨的《贺新郎》一词，遂把他逮捕到京城临安（今杭州）审讯。因为张元幹退休已久，只得找个其他理由将他除名削籍、打入大牢。除名就是不再享有官名，成为平民。削籍后，他微薄的退休金也随之取消。入牢抄家时，他所有“语及讽刺者”的词都被搜出来，所以张元幹的词集里，已看不到靖康年间批判现实的词。

张元幹出狱后来到苏州，在皓月当空的中秋节登上虎丘，四顾茫茫，百感交集，连自己都不知为了何事留在苏州，只想回乡。后来他在《上平江陈侍郎十绝》序中写：“辛亥休官，忽忽二十九载，行年七十矣。”辛亥是指绍兴元年（一一三一年），他四十一岁退休后，到现今已经二十九年，这一年的他已经七十岁。此后就不知他的行踪了。

张元幹写过两首《贺新郎》，一首给老长官李纲，另一首给胡铨，都被称为压卷之作。

注释：

1. 张元幹：《次韵奉送李季言四首》之四。“我辈避谗过避贼，此行能饱即须归。山川久有真消息，世上从渠闲是非。”
2. 参考王兆鹏：《张元幹年谱》。
3. 参考岳珂：《桯史》，卷十二。

4. 参考陆心源:《宋史翼》，卷七。

5. 参考岳珂:《桯史》，卷十二。“一时士大夫畏罪箝舌，莫敢与立谈。”

6. 参考蔡戡:《芦川归来集序》。“平生亲党避嫌畏祸，唯恐去之不速。”

淋漓痛快讽刺人，民心大宣泄

洪迈被拘留。稽首垂哀告彼酋。
七日忍饥犹不耐，堪羞。
苏武争禁十九秋。

厥父既无谋。厥子安能解国忧。
万里归来夸舌辨，村牛。
好摆头时便摆头。

——太学诸生《南乡子》

洪迈出使到金国被拘留后，向敌人跪拜乞怜哀哭，丧失了使臣的气节。金国才断绝几天的粮食，他就受不了，真是丢脸，和苏武十九年被留置在匈奴，餐风宿露在北海牧羊，受尽折磨却始终不屈服的节操对比，实在是羞愧可耻。

洪迈的父亲洪皓当年出使也是有勇无谋。儿子出使同样束手无策，没办法为国解忧。真是蠢蛋啊！失节归来的人还神气活现，摇头晃脑地大肆吹嘘自己能言善辩，真是可耻又可恶。

当年汉武帝派张骞出使西域，张骞两次被匈奴俘虏囚禁，历经十三年才逃回长安。宋代的洪皓也曾经出使金国，被羁留十五年。《宋史》称他“忠节”，高宗也称赞洪皓，说连苏武都比不上他的气节。

然而洪皓的第三子洪迈，同样出使金国，回国后却被骂翻了天。

洪迈在父亲洪皓被羁留那年，年仅七岁。他跟着哥哥们读书，天资聪颖，博览群书。十岁时，随哥哥们避乱，在衢州（今浙江衢县）看见破败墙壁上的题诗，《油污衣》：“一点清油污白衣，斑斑驳驳使人疑。纵使洗遍千江水，争似当初不污时。”洪迈很喜爱这首诗，认为衣服一旦被染污，再怎么洗也不像当时的洁白。人也一样，一有污点很难漂白。他从中得到启示，少年时就立志不同凡俗。

洪迈中进士那年，朝廷本来派他去两浙转运司负责交通运输，因为受到秦桧的排挤，又被改派福州。那时父亲洪皓已经从金返国，正在饶州（今江西）当太守，洪迈因此先到饶州侍奉父母，四年后才赴任，可见他是个很孝顺的人。

洪迈四十岁那年，金派使者来南宋告知金世宗完颜雍登基。洪迈负责接待金使，表现出色，因此得到晋升，并奉命出使金国。此番出使的任务，是将金宋之间的君臣关系，改为平等的兄弟国家，并且收回河南失地。

洪迈抵达金国境内，与金国派来的接伴使相互约定，一切都依两国平等之礼。接伴使痛快地答应了。哪知事情突然有了变化。一到金国首都燕京，负责接待的官员大发雷霆，洪迈递交的国书也不被接受。金人还要求将国书换成“表”。

然而，用“表”意味着金宋之间仍是君臣关系；如果是平等的兄弟之邦，自然应该使用“国书”。对此，洪迈无法接受。结果金人将他和随行人员拘禁起来，坚持让洪迈按照之前宋臣事金国的模式。洪迈不肯低声下气，要求依照对等的礼节会见金主。最后金人将洪迈关在使馆三天，断绝饮食与清水，还派了一个自称跟随过洪皓的人来劝他不要固执。洪迈不久便屈服了，最后被遣送回南宋。

洪迈回来时，孝宗已经即位。范成大写诗《洪景卢内翰使还入境，以诗迓之》欢迎他，在诗中赞叹他风尘仆仆出使，一路危险重重，像苏武一样有气节，有胆识。[1]

但后来，御史张震弹劾洪迈出使金国有辱使命，最后洪迈被罢免，次年被调到泉州当知府。他在地方任职时重视教育，建学校，造浮桥等，有许多治绩，得到宋孝宗的嘉许。洪迈后来成为著名的学者和文学家，留有《容斋随笔》和《夷坚志》等作品，为后人称道。

再说洪迈出使金国。

总体来说，洪迈刚回国时，没有受辱国指责，大家还庆幸他能从危机中脱身。但后来各种笔记小说家添油加醋，丑化并攻击洪迈失节。[2]

刚开始是罗大经的《鹤林玉露》记载了洪迈使金失节的事，还说洪迈素来有风疾的毛病，头常歪着摆动。当时有一首嘲笑他的诗：

一日之饥禁不得，苏武当年十九秋。
传语天朝洪奉使，好掉头时不掉头。

诗中说，苏武当年被扣留十九年，洪迈一天都受不了饥饿，马上被吓出原形，真是没有骨头。嘲笑他一逮到机会就喜欢摇头摆尾、装腔作势，但该摆头时，却不敢摆头，真是没用。[3]

这首诗被某位太学生改成了这首《南乡子》词。[4]一开头就用辛辣的笔法，指名道姓讽刺洪迈出使失节，被关一天就受不了，磕头求饶，比不上被关了十九年的苏武。“村牛”是骂人愚蠢，指洪迈只会吹嘘、摆头，虚张声势，却办不了实事。

这首歌唱来淋漓痛快，宣泄当时的民心，也揭露南宋朝廷中不只洪迈一人在敌人面前胆小如鼠，那些狐假虎威、毫无作为的官员，都为大家所不齿。

虽然这首《南乡子》词对洪迈极尽讽刺之能事，但在当时金强宋弱的时局下，使臣出国本来就气短，洪迈可能因为父亲遭囚十五年从而害怕被囚禁，或是自以为还有美好的前途，心想一定要安全返国，最终不得不屈服。但最可悲的是，南宋统治者的软弱无能与偏安心态，缺乏励精图治，使得国家积弱不振，让使者受到欺侮，南宋的败亡已见端倪。

注释：

1. “玉帛干戈汹并驰，孤臣叱驭触危机。关山无极申舟去，天地有情苏武归。汉月凌秋随使节，胡尘卷暑避征衣。国人渴望公颜色，为报褰帷入帝畿。”
2. 参考沈如泉:《宋人洪迈使金事迹考论》，见《史学月刊》，二〇〇六年。
3. 参考罗大经:《鹤林玉露》，卷三。
4. 参考陈耀文:《花草粹编》，卷十一，引《谈薮》。

粗心误唱犯官讳，立马打入大牢去

睡起啼莺语。掩青苔、房栊向晚，乱红无数。吹尽残花无人见，惟有垂杨自舞。渐暖霭、初回轻暑。宝扇重寻明月影，暗尘侵、尚有乘鸾女。惊旧恨，遽如许。

江南梦断横江渚。浪黏天、葡萄涨绿，半空烟雨。无限楼前沧波意，谁采蘋花寄取。但怅望、兰舟容与。万里云帆何时到，送孤鸿、目断千山阻。谁为我，唱金缕。

——叶梦得《贺新郎》

午后乍醒，已是傍晚时分，黄莺婉转啼鸣。房门外，青苔满地，落花堆砌。风儿吹尽枝梢的残花，却不见赏花人来，只有垂杨独自翩然飘舞。雾霭渐渐散去，天气回暖，原来初夏的暑气已经悄悄回到天地间。明月下，我寻找着团扇，上面覆盖着黯淡的尘埃，那乘着鸾凤的秦女弄玉还依稀可见。让我惊讶的是，内心深处的旧恨竟然猛烈地涌上心头。

江南往事已经梦断横江沙洲。只见长江大浪黏在天边，涌出像葡萄色般碧绿的江涛，天空下着有如烟雾般的细雨。我站在楼前倚望，引起无限相思。两人远隔千山万水，采一朵苹花又能托谁寄去？我只能怅然遥望，想象着兰舟徘徊江上。漂泊万里的云帆何时归来？目送孤鸿飞远，视线被群山遮蔽。此刻有谁能为我歌唱一曲《金缕曲》？

无缘无故唱了别人写的一首歌，就被抓到监牢去。冤枉啊！大人！

《贺新郎》的作者叶梦得，苏州吴县人，于哲宗、徽宗、钦宗、高宗四朝为官，四十一岁在颍昌府（今河南许昌）当太守时，创办“许昌诗社”，专门吟诗唱和，入社的人包括苏轼的儿子苏过。镇守许昌期间，也是他词作最多产的时期。

叶梦得晚年隐居湖州石林，自号石林居士，所写诗文多以“石林”为名，包括《石林燕语》《石林词》《石林诗话》等，后人多半称他为石林先生。他在石林谷筑别馆，建藏书楼，藏书总量逾十万卷；后来不幸遇到火灾，十万卷藏书化为灰烬。翌年忧病而死。

根据《夷坚志》，叶梦得与《贺新郎》的故事是这样的：

叶梦得刚中举时，被调到润州（今江苏）丹徒当小小的县尉。郡守非常器重他，让他负责检查税收。办公的务亭就在西津岸边。有个假日，叶梦得与监官站在栏杆前，看到江上有一艘彩舫，满船都是妇女，嬉笑自若，推测是富贵人家，正想回避，船已经靠岸。

十多人穿着黑色衣服，进到务亭内，问旁边小吏：“叶学士在吗？”叶梦得不得不出来相见。她们再拜说：“学士声名满江南，我们是真州的歌妓，想伺候学士喝酒以满足平生心愿，但因为身在乐籍，真州又过客如云，常有宴席，抽不出空来。刚好今天太守家中举行私祭，官员们不用集会，大家才能相约渡江前来，实在是很幸运。”

叶梦得感谢她们的厚爱，叫大家一起坐下，同僚们想拿酒一起欢饮。这时歌妓站起来说：“我们不顾身份卑微，自己带了酒来，敢用一杯酒祝叶公长命百岁。愿得到叶公一首好词，拿回去便可以向人夸耀，当成无上的光荣，我们的心愿也可以满足了。”

歌妓让随从送上装满精致吃食的礼盒。唱歌、跳舞，酒过数巡后，花魁拿出花笺请叶梦得写词，叶梦得提笔就写，一句都没修改，完成了这首《贺新郎》。

这是首伤春怀旧的词，上片写午睡醒来，已是傍晚时分，忽然听闻黄莺啼声，感到春光已过，令人不胜怅然。又看到扇子上画有“乘鸾女”，也就是月中仙子。据《龙城录》记载，唐明皇在八月十五游月宫，“见素娥千余人，皆皓衣乘白鸾”。这些景象勾起了他心中的旧恨。下片运用多个典故，其中“葡萄涨绿”出自李白《襄阳歌》：“遥看江水鸭头绿，恰似葡萄初酦醅。”指江南的河水如葡萄绿。心中幻想着佳人泛舟江上，而两人相隔万里，不知何时才能相会。结句以杜秋娘所唱《金缕衣》:“劝君莫惜金缕衣，劝君须惜少年时。”有深悔年少光阴虚度之意。

这首歌大为流行，可能是结句“谁为我，唱金缕”，提醒人们爱惜光阴，传唱到最后成为经典歌曲。因为唱得太红了，后人干脆把词牌《贺新郎》改为《金缕曲》。

相传这首歌是叶梦得写给真州歌妓的，但其实那是《夷坚志》以小说笔法编写的浪漫故事，和真州歌妓一点关系都没有。

叶梦得的孙子有一回和别人谈起，祖父写这首词时年仅十八，并不是写给歌妓的。[1]然而让人意想不到的是，一个年轻小伙子写的词，竟然如此轰动，还被编成了浪漫故事。

这首歌词中有句“万里云帆”，而南宋大诗人、“诚斋先生”杨万里，名字里刚好就有“万里”两字。

杨万里当监察州县的地方长官时，巡历到某一郡。郡守摆下酒席宴请他，并请官妓唱歌助兴。有名歌妓唱了这首很流行的《贺新郎》，唱到“万里云帆何时到”这句时，杨万里马上站起来说:“万里昨日到。”

这简直犯了官场忌讳，歌妓以下犯上，贱民犯高官，还直接喊出长官名讳，实在是大不敬。歌妓吓坏了，郡守大感惭愧，马上把歌妓抓起来关入大牢。[2]

最后郡守无罪，只罚歌妓，只能怪她没仔细探听长官的名讳，信口高唱，在尊卑意识鲜明的宋代倒了大霉。唱歌，还是得看场合才行。

注释：

1. 参考刘诗昌:《芦蒲笔记·石林词》，卷五。“庆元庚申，石林之孙筠守临江，尝从容语及，谓赋此词时，年方十八。而传者乃云为仪真妓女作。详味句意，皆不相干，或是书此以遗之尔。”
2. 参考邓子勉:《宋金元词话全编》，卷二。

当年唱得好清高，如今做来全不同

我是清都山水郎，天教懒慢带疏狂。
曾批给雨支风敕，累奏留云借月章。

诗万首，醉千场。几曾著眼看侯王。
玉楼金阙慵归去，且插梅花醉洛阳。

——朱敦儒《鹧鸪天》*

* 朱敦儒著、邓子勉校注《樵歌》，上海古籍出版社，1998年。

我本是天宫里掌管山水的郎官，天帝赋予我懒散和疏狂不羁的个性。我曾多次支配风雨，也多次上呈留住云彩，暂借月亮的奏章。

我吟诗万首，饮酒千觞，不曾正眼看过王侯将相。就算在华丽精致的宫殿做官，我也懒得去，只想插着梅花醉卧洛阳城。

识清一个人的真面目，始终是件困难的事。处在艰难的环境中，长期受压迫，若要守住初心，确实需要强大的力量与坚定的勇气。

最长寿的词人朱敦儒，字希真，又称伊水老人、少室山人，河南人。家境富裕，才华横溢，能书会画，又深懂乐器，常以梅花自喻清高。他活到了九十五岁高龄[1]，由于长寿，经历过南北宋的盛衰。

他在北宋时期曾经隐居故乡洛阳。洛阳是北宋的西京，北依邙山，南对龙门，伊、洛、瀍、涧诸水蜿蜒其间，林壑幽美。他喝酒吟诗，自得其乐，写有洛阳山水和名胜风物的词作，后来留下词集三卷，名《樵歌》，也称《太平樵歌》，并获得“词俊”之名。

这首《鹧鸪天》就是他住在洛阳时写的。

钦宗时两次被举荐为学官，他两次坚拒，自认个性就像麋鹿，喜欢闲逸旷达的生活，并不想追求高官厚禄。[2]朱敦儒为自己赢得了有气节的名声。

此番心情，也写入了《鹧鸪天》最后一句“且插梅花醉洛阳”。洛阳盛产牡丹，“千年帝都，牡丹花城”“洛阳牡丹甲天下”。人在洛阳的他，不想插牡丹花，只想插“千林无伴，淡然独傲霜雪”的梅花，以此彰显自己的操守与气节。

北宋灭亡后，朱敦儒经江西逃往两广，最后流落岭南。广西大臣明橐到处寻访四散山林的流亡贤者，向高宗推荐朱敦儒，说他“深通治国的要旨，有治国安民的才能，恬淡谦逊，不计较名利，又安于贫贱”[3]。再加上南宋大诗人陈与义也称赞朱的贤能，高宗因此征召朱敦儒，但他仍然不肯接受。最后在众亲朋的劝说下，朱敦儒勉强应诏前往临安，担任秘书省正字，负责勘正文字。后来因为秦桧的儿子秦熺喜欢吟诗，在秦桧的笼络下，朱敦儒的儿子被聘为删定官，之后朱敦儒被聘为鸿胪少卿（赞礼官）。

朱敦儒乖乖出来当官的行为，连高宗都不解，说：“哪有人早年隐居，到晚年才奔波？”秦桧一死，他就被废除了官职。有人认为朱敦儒太爱儿子，害怕不答应当官的话，会招来放逐蛮域的报复，才“被迫当官”，这也因此成为他人生的污点。

有人对照朱敦儒之前写的《鹧鸪天》，讽刺说：

少室山人久挂冠，不知何事到长安。

如今纵插梅花醉，未必王侯著眼看。

意思是说，你不是早早就挂冠而去了吗？到底为着何事跑到京城来？为了求官吗？为了求名吗？如今纵使你喝醉了，插着象征高洁的梅花，王侯将相也懒得正眼看你。[4]

长寿原本是件好事，但是朱敦儒活到九十五岁，又历经南北宋，当人们检视他的一生，发现其早年言论高调，如今却变节为秦桧工作，难免会讽刺他前后言行不一致，看来只能怪他太爱儿子了。

朱敦儒早年在洛阳时，因为是富贵之家，作品风格艳丽。南渡后，他一想到北宋灭亡就满腔悲愤，沉咽凄楚；以婉丽之笔，写感伤之情。他的《相见欢》：

> 金陵城上西楼。倚清秋。万里夕阳垂地、大江流。
>
> 中原乱。簪缨散。几时收、试倩悲风吹泪、过扬州。

写自己站在金陵城的西城门楼上远眺，面对着浩荡东去的长江，美好风光依旧壮丽，可是时代更迭，形势早已迥异。清秋时节，长江在夕阳下奔流而去。金兵掳走了徽、钦二帝，侵占中原，北宋王朝灭亡，贵族、官吏们纷纷逃散。什么时候才能收复国土？只能请托悲风，将自己的热泪吹到扬州前线。

朱敦儒有强烈的爱国心，支持主战派，词作具有现实意义，多忧时愤乱之作。因为发表主战言论，与主战派李光等人一同受到右谏议大夫汪勃的弹劾，被免职后，干脆上疏请求退居嘉禾（今浙江嘉兴）。

朱敦儒离开朝廷后，长期寓居嘉禾，家中墙上挂着琴、筑（像琴的弦乐器）、阮咸（弹拨乐器），屋檐下养着珍禽，瓶罐里有果实、肉脯，用来招待宾客，过着世外桃源式的生活。[5]他写了六首《渔父词》，其中一首：

摇首出红尘，醒醉更无时节。
活计绿蓑青笠，惯披霜冲雪。
晚来风定钓丝闲，上下是新月。
千里水天一色，看孤鸿明灭。

大意是说，离开红尘是非，隐居山林，生活自由自在，捕鱼垂钓，放眼望去江面上下都有一轮新月，水天一色，只见孤雁在月色里忽明忽暗。可看出不仅生活风平浪静，内心更是闲静自得。

虽然朱敦儒的变节使他遭到批评，但还是有许多人仰慕他。辛弃疾《念奴娇·赋雨岩》一词，就明确说是“效朱希真体”。陆游年轻时受到朱敦儒的赏识，为人与作词都深受朱的熏陶，他的名作《卜算子·咏梅》也与朱敦儒的《卜算子·咏梅》“古涧一枝梅”风格神韵相似。辛、陆两人都曾学习朱敦儒的填词方法。

注释：

1. 参考刘扬忠:《关于朱敦儒的生卒年》，见《文学遗产》。
2. 参考脱脱:《宋史 ·文苑传 ·朱敦儒》。“麋鹿之性，自乐闲旷，爵禄非所愿也。”
3. 参考周必大:《二老堂词话 ·朱希真出处》。“深达治体，有经世之才，静退无竞，安于贫贱。”
4. 参考周必大:《二老堂词话 ·朱希真出处》。
5. 参考厉鹗辑:《宋诗纪事》，引《澄怀录》，卷四四。

词人心情千百款

唱歌可以表示感恩、表达不满、传达情意，或是忏悔、抒发痛苦。唱歌，能含蓄又明白地表达心声，是表明心意的好方式。

历史上有许多以高歌一曲表明心迹的故事。

战国时的秦青专门教人唱歌，薛谭跟随他学唱，自认为歌艺已经学得差不多的时候，向老师告辞返家。秦青送他到郊外，临别时按着节拍，引吭高歌，“声振林木，响遏行云”。薛谭听后大吃一惊，心服口服，放弃了回家的念头。[1]

秦青用歌唱告诉学生，论歌艺你还差得远呢。

桓伊是晋代著名的“笛圣”。谢安的女婿王国宝经常在孝武帝面前说岳父的坏话，让武帝和谢安产生了嫌隙。有一天孝武帝在饮酒，谢安也在座，孝武帝命桓伊吹笛。吹奏后，桓伊要求弹筝并高歌《怨诗》:“当国君本来就不容易，当忠臣更难。臣子对国君忠信的事，不常被显扬，却常被怀疑。”歌声慷慨，让谢安感动得泪流满面，孝武帝深感惭愧。[2]

桓伊以唱歌劝谏皇帝远离小人，重用忠臣，不要中小人的离间计。如果直言或上疏劝谏，恐怕自己也会遭遇不测。

宋人也善用这招。陈尧佐为了感谢吕夷简推荐自己，唱一首《踏莎行》表明感恩的心。侯蒙对嘲笑他长得丑又考不中的人，唱一首《临江仙》表明自己的大度与努力向上的心。贪名夺利的臣子在潦倒之际，借唱歌表明悔意，如蔡京唱《西江月》。亡国君成为阶下囚，无限痛苦，如宋徽宗唱《眼儿媚》，悔恨自己的罪孽。

唱歌是最佳的沟通方式，人人喜爱。

注释：

1. 参考《列子·汤问》："薛谭学讴于秦青，未穷青之技，自谓尽之，遂辞归。秦青弗止，饯于郊衢，抚节悲歌，声振林木，响遏行云。薛谭乃谢求反，终身不敢言归。"
2. 参考《晋书·桓伊传》，卷八一。"为君既不易，为臣良独难。忠信事不显，事有见疑患。"

把感恩的心唱出来

二社良辰，千家庭院。翩翩又见新来燕。
凤凰巢稳许为邻，潇湘烟暝来何晚。

乱入红楼，低飞绿岸。画梁时拂歌尘散。
为谁归去为谁来，主人恩重珠帘卷。

——陈尧佐《踏莎行》

春社、秋社是祭祀土地神的节日，这时许多新燕翩然飞来。旁边是华美、高贵并稳固的凤凰巢，傍晚的潇湘烟雾中，为何这样晚才飞来依附呢？

燕子低低越过翠绿的两岸，飞入富贵人家的红楼。栖息在歌舞声缭绕的画梁上。燕子这样忙碌，到底是为谁去为谁来呢？原来是主人卷起珠帘时，特别感受到主人的恩重如山。

人生道路上，每个人或多或少需要被提携、被欣赏。但是，被提携的人该怎么传达自己的谢意呢？陈尧佐特地写了一首词表达感恩的心，感谢吕夷简的推荐。

陈尧佐自幼好学，父亲教他们兄弟读经书，哥哥还没记熟，他已经可以背诵。陈尧佐全家人都爱读书，父亲与兄弟全部进士及第，被称“一门四进士”。

陈尧佐担任枢密副使时，当时祥符（今开封附近）县令陈诂很严厉，底下的官吏受不了他的行事风格，打算陷害陈诂，纷纷逃离祥符县，让全县空荡无人。太后听到后很生气，但陈诂与吕夷简是姻亲，执政大臣为了避嫌，不敢在太后的气头上争辩。事情传到枢密院，只有陈尧佐说：“惩处陈诂会让奸吏计谋得逞，以后谁还敢约束下面的官吏呢？”陈诂因此得以免罪。吕夷简也对他心生好感。[1]

吕夷简自觉年纪大了，多次请求宋仁宗让自己退休，但是仁宗非常倚赖他，不肯答应。后来吕夷简病重，再次请求退休。仁宗就问他：“你如果退休了，觉得谁可以取代你的位置？”吕说："没有人比国君更了解臣子，皇上您自己选一个人吧！"仁宗却坚持要他推荐，吕因此推荐了陈尧佐，说："陛下若想用英俊经纶的臣子，那我不知谁能胜任。如果想找老成练达、镇静处事、了解民生疾苦的，没人比得上陈尧佐。"[2]仁宗同意。

在吕夷简眼中，陈尧佐是个老练持重的人。事实上，陈尧佐也是个好父母官。

当年他考中进士后，先被派往陕西朝邑当知县，任内为官清廉，敢作敢为。任寿州（今安徽）知府时，寿州发生大饥荒，他捐出自己的俸米，是个宅心仁厚的地方官。

陈尧佐更擅长治水。担任两浙转运使时，钱塘江潮奔涌澎湃，堤岸经常损毁。旧的防御方法是把石块装入竹笼，再堆成堤防，可是一两年后，竹笼往往腐坏，堤防随之崩垮，频坏频修。陈尧佐提出新的筑堤方法，先把木桩打入土中，再把树枝横放，用土夯实，上面再种树、种草。如此下来，堤岸一连几年安然无恙，百姓也没有因水灾受害。

他当滑州（今河南）太守时，负责堵复黄河。堵口很容易被冲走，堵料则又重又大，搬运和投入正确位置都十分困难。陈尧佐研究出新的"木龙杀水法"。用木条钉成长条形木笼，里面装满泥土、树枝、石块，用来堵塞缺口，不易决堤。百姓大大受益，尊为"陈公堤"。

陈尧佐在并州（今山西）当知府时，夏秋之际，汾水常常暴涨，堤防几近溃堤，人心骚动不已。陈尧佐勘察堤防后，采用当地有治水经验的老人的建议，改在两岸筑堤，并在堤上种植柳树，使暴涨为害的汾水成为造福人民的“柳溪”。

陈尧佐的治绩让百姓津津乐道。当他知道吕夷简推荐自己当宰相后，非常感谢吕夷简，却无法用言语表达，就带着酒到宰相宅邸，命歌妓唱他写的这首《踏莎行》。

《踏莎行》的调子是寇准创立的，取用唐代诗人韩翃“踏莎行草过春溪”的诗句作为词牌名，让人感觉春天来到，充满踏春的喜悦。陈尧佐在词中以燕子自喻，以凤凰、主人比喻吕夷简，恭维、感恩的心意相当明显。利用燕子寄寓感恩的写法，非常新颖。

吕夷简听到“主人恩重珠帘卷”这句，很是开心，醉笑说：“自恨卷帘人已老。”感叹自己年事已高，无法再有作为。陈尧佐马上响应：“莫愁调鼎事无功。”要吕不用担心，因为他当宰相时，对国家的贡献可是很大的。

这首《踏莎行》也是陈尧佐唯一传世的词。

其实，陈尧佐（九六三——〇四四年）比吕夷简（九七九——〇四四年）大了十六岁，两人最终在同一年过世。陈尧佐不仅是个好官，也是懂得感恩的人。他对一个比自己年轻的人，推荐自己当宰相，心中充满谢意，还想到了利用唱歌传递心意的妙方。

注释：

1. 参考脱脱:《宋史·陈尧佐传》，卷二八四。

2. 参考文莹:《湘山野录》，卷中。

甩开嘲笑，唱出我的大度与自信

未遇行藏谁肯信，如今方表名踪。
无端良匠画形容。
当风轻借力，一举入高空。

才得吹嘘身渐稳，只疑远赴蟾宫。
雨馀时候夕阳红。
几人平地上，看我碧霄中。

——侯蒙《临江仙》

一直没有好机会被长官赏识，只好过着隐居的生活，无论说什么、做什么都不会有人信服。现今画工无缘无故将我画在风筝上，我借着风力，驭风直上，正好可以彰显名声和行踪。

在半空中，风慢慢吹来，我觉得身体渐渐平稳，只怀疑是不是要飘到月宫去了。此时正好雨过天晴，夕阳西下，彩霞满天，有多少人身在平地，羡慕我高飞在天空啊。

把别人的嘲笑变成助力，往往是迈向成功的垫脚石。宋代有一个山东人叫侯蒙，少年时便以聪明才智备受赞扬。他为人慷慨，有时一天挥霍千金也不心疼，但是长得很丑，常被人戏称为“丑鬼”。他虽然认真读书，却一连几次名落孙山，内心饱受煎熬，还得忍受来自亲友邻人的各种冷嘲热讽与不屑。

要具备正视嘲笑的能力，得有广阔的胸襟、强大的内心。秉持着毅力与乐观，并靠后天培养的幽默感，才能挺过所有的嘲讽。侯蒙面对嘲讽，不是不在乎，而是相信只要努力钻研学问，就会改变命运，不会永远居于下位。

侯蒙努力钻研学问，对赋诗、填词也很有兴趣。有一次大家在放风筝，有些爱开玩笑的人把他的脸画在风筝上，让风筝飞上天，讽刺他就像癞蛤蟆一样，妄想登天。所有人看到后都跟着哄笑起来。如果换成其他人，可能会愤怒到大打出手，也可能暗自神伤。侯蒙不仅不以为意，还跟着大家一块儿大笑，并当场填了一首《临江仙》词，让他们把词和画同时放上高空。

这首词一语双关，“未遇行藏谁肯信”讽刺官场上的势利小人，群众里看上不看下的势利眼，没有中举以前，你说什么、做什么，都不会有人理你。在困境中只有坚定信念，努力充实自己。作者在词中也抒发自己怀才不遇的心情，更期待有一天当风吹起，能借风使力，真正飞翔在人群之上，活出让别人羡慕的精彩人生。

曹雪芹很喜欢“当风轻借力，一举入高空”这句，在《红楼梦》里写薛宝钗填《临江仙》咏柳絮：“好风凭借力，送我上青云。”就是从侯蒙这里借过去的。

侯蒙直到三十一岁才考中进士，比起苏轼二十二岁中举，是有点晚。因为尝过太多被轻视的不公平滋味，等他考中进士，派任宝鸡地方官，百姓有任何诉讼，他都在县衙判决，因为判决公平，连受罚者也没有抱怨。

负责粮食运输的转运使黄湜听说他的名声，想召他来转运司。侯蒙考虑到要常常离开县境工作，不肯前往。黄湜很生气，觉得他不识抬举，就在巡视各县时检阅文书，一心想找他的茬，却找不到任何把柄。好在黄湜不是个昏聩狭隘的人，称赞侯蒙：“你真是个能干的官吏。”并以宾客礼接见，还率领其他官员联合推荐他。

侯蒙也是个宽宏大量的人，从以下故事中可知一二。

将领高永年防守在鄯州（今青海附近），他派兵支持被西夏攻打的宣威城，因为听信早已投降的羌人，却被羌人背叛，惨遭杀害，羌人还烧毁了大通河上所有桥梁。徽宗听到后非常愤怒，视为奇耻大辱，亲自书写其他各路将帅刘仲武等十八人的姓名，命令侯蒙前往秦州（今甘肃）逮捕他们，审讯问罪。

侯蒙到了甘肃天水，只见刘仲武等人穿着囚服，跪在狱吏旁边。侯蒙说:“你们都是堂堂朝廷大臣，不能被狱吏污辱，赶快招出实情吧，我会设法为你们挽回局势。”刘仲武等人也说出了实情。

为了保释这十八位将领，侯蒙上奏说：

当初汉武帝派王恢率军诱杀匈奴，但是事情败露，诱杀不成。王恢为了保全军队，不敢追击，三十万大军无功而返。汉武帝很生气，王恢自觉颜面尽失，最后自杀谢罪。

汉武帝真是不如秦穆公。秦穆公的主将孟明奉命攻打郑国，路上遇到要去做生意的郑国商人弦高。弦高犒赏了秦军，让孟明以为郑国早有准备，不敢再前进，没想到军队走到肴山，中了晋国埋伏，全军覆没，孟明等三员大将被俘。可是返回秦国后，秦穆公仍然赦免了孟明的罪。

楚国的成得臣呢，在楚、晋之间的城濮之战战败后，率领剩余的部队归国，却被楚成王指责贪战，最后引咎自杀了。这件事传入晋国的重耳耳中，重耳想到自此少了个对手，喜出望外。

三国的孔明辅佐蜀国太过操劳，病死军中，蜀国就少了倚靠，被人轻视。

> 王恢、孟明的战败，两人境遇大不相同；成得臣与孔明的死，有人开心，有人惋惜。现在羌人杀死了我国的一个都护，却让十八位将领连坐而死，这就像是自残肢体啊！想要身体不生病，可能吗？[1]

徽宗因此醒悟，赦免了他们，不予追究。

侯蒙最后活到六十八岁，《全宋文》收录他的四篇文章。词作的部分，《全宋词》仅收这首《临江仙》，却也最能够代表他的人生际遇与宽大胸襟。

注释：

1. 参考脱脱：《宋史·侯蒙传》，卷一百一十。蒙奏言："汉武帝杀王恢，不如秦缪公（即秦穆公）赦孟明；子玉缢而晋侯喜，孔明亡而蜀国轻。今羌杀吾一都护，而使十八将由之而死，是自艾其支体也。欲身不病，得乎？"

就算情敌是皇帝，醋坛子打翻照旧唱

并刀如水，吴盐胜雪，纤手破新橙。
锦幄初温，兽烟不断，相对坐调笙。

低声问向谁行宿，城上已三更。
马滑霜浓，不如休去，直是少人行。

——周邦彦《少年游》

并州制造的刀子锋利如水，吴地产的盐洁白胜雪，佳人用纤纤细手，剥开新产的贡橙。华丽的帷幕内逐渐温暖起来，兽形香炉散发出清香，两人相对而坐，佳人正吹奏着笙。

佳人低声问：您今晚在哪里住宿？时候不早了，城上已报三更。路上霜重马蹄易打滑，路上都没有行人了，不如不要走了。

周邦彦，钱塘（今浙江杭州）人，是北宋末年著名的词人。虽然在词史上享有大名，被视为北宋集大成者，但他为人“落魄不羁，涉猎书史”[1]。《宋史》说他并非规规矩矩的读书人，行为不太检点，而这大概和他喜欢逛青楼脱不了干系。

事实上，不是每个客人去青楼都会受到真心的欢迎。周邦彦懂音乐，能自己创作曲子，又很讲究词中仄声字的上、去、入声等用法，他写的歌和柳永一样，唱起来特别好听，深受歌女的喜爱。柳永的歌词比较俗气，周邦彦比较典雅，听来更高级。他一共留下词作一百八十多首。

周邦彦初到汴京时，一看到歌妓李师师，就为她写了《洛阳春》：

眉共春山争秀，可怜长皱。莫将清泪湿花枝，恐花也如人瘦。

清润玉箫闲久，知音稀有。欲知日日依栏愁，但问取亭前柳。

词的意思是，你的眉毛比春山还秀丽，只可惜一直皱着。请别让清泪滴湿美艳的花枝，不然花也会像人一般消瘦的。虽有玉箫可是知音稀少，因此无心吹奏，已经闲置许久。很想知道你为何每天倚着栏杆发愁，但恐怕只能问亭前的杨柳了。从词中可看出周邦彦对李师师容貌的赞美，怜惜她缺少知音，整天忧愁。李师师曾想委身周邦彦，但是没有成功。

周邦彦还为李师师写过一首《凤来朝》:“锦衾温，兽香未断。待起难抛舍。”[2]以前的姑娘喜欢在闺房中点香，用兽形香炉盛香还可以避邪。词中写两人在温暖的锦缎被窝中，想要起来，又舍不得。可见情深意浓。

张端义在《贵耳集》中，记载了一个周与李的故事。[3]

有一天，宋徽宗到李师师家去，没想到周邦彦已经捷足先登。他一听宋徽宗到来，慌忙间躲到床下。宋徽宗带着江南新进贡的柳橙给李师师尝鲜，师师用纤细的手剥着柳橙，边吃边与徽宗调情，还吹奏了竹笙。周邦彦躲在床下，把这些全部听在耳中，既紧张又尴尬，更是醋劲大发。第二天他将这段床底奇闻实况转播，写成了这首《少年游》，送给李师师。

李师师一唱此词，徽宗马上问:“谁写的词？”得知是周邦彦，心想谁有本事知道这等闺房秘事？猜想周邦彦当时一定躲在房内。徽宗就让宰相蔡京找个理由，把周邦彦撵出国门。

过了两三天，徽宗又去李师师那儿，却没见到她，问了才知是送别周邦彦去了。等师师夜半回来，看她愁眉泪眼，面容憔悴。徽宗很生气地问:“你去哪里了？”师师说:“臣妾该死，知道周邦彦要被押出国门，去送别了，不知道皇上您要来。”徽宗问:“他写词了吗？”师师说:“有一首《兰陵王》。”[4]

《兰陵王》的词牌取自北齐高欢的孙子高长恭。高长恭长得帅，武艺又高强，他在金墉城下攻打周师时，戴着假面具，勇冠三军，大败周师，齐人赞颂他的英勇，就作了《兰陵入阵曲》。[5]这首词有三段，是比较复杂、比较高级的曲子，歌声激越。徽宗对师师说:“唱一遍听听。”师师说:“容臣妾奉上一杯酒，唱这首词为皇上祝寿。”从入阵曲变为祝寿，曲罢，徽宗大喜，把周邦彦召了回来，封他为“大晟乐正”。

有人说,《兰陵王》是周邦彦在表达自己“客中送客”，作客他乡却要送人归乡。但这首词应是周邦彦借由送别，表达自己“京华倦客”的抑郁心情。周邦彦写了《兰陵王》这首歌，赢得了回汴京的机会。皇帝、歌妓、臣子的三角暧昧虽是八卦，笔记小说与稗官野史却津津乐道。

王国维曾经辩证历史上根本没这回事。也有人说宋代有两个师师，一个是张先八十五岁时，曾为她创作新词牌《师师令》的师师，晏几道也曾作《生查子》:“遍看颍川花，不似师师好”，形容师师貌美若仙，连颍川的花都比不上她。秦观也有《一丛花》词:“年来今夜见师师，双颊酒红滋。”周邦彦晚张先四十余年，所以周邦彦、宋徽宗遇到的，应该是另一个师师吧。

不管如何，李师师是个可人儿，能歌善舞，人见人爱，才会引来周邦彦的醋意。就算情敌是宋徽宗，也忍不住要写上一词！

注释：

1. 王称:《东都事略》，卷一一六。
2. 参考沈雄:《古今词话》，卷上，见《词话丛编》，册一。
3. 张端义:《贵耳集》，卷下。
4. 《兰陵王》:“柳阴直。烟里丝丝弄碧。隋堤上、曾见几番，拂水飘绵送行色。登临望故国。谁识。京华倦客。长亭路，年去岁来，应折柔条过千尺。//闲寻旧踪迹。又酒趁哀弦，灯照离席。梨花榆火催寒食。愁一箭风快，半篙波暖，回头迢递便数驿。望人在天北。//凄恻。恨堆积。渐别浦萦回，津堠岑寂。斜阳冉冉春无极。念月榭携手，露桥闻笛。沉思前事，似梦里，泪暗滴。”
5. 刘餗:《隋唐嘉话》，卷下。李百药奉敕撰:《北齐书》，卷十一。

只能寄情于歌词的失婚之痛

红酥手。黄縢酒。满城春色宫墙柳。
东风恶。欢情薄。一怀愁绪，几年离索。
错错错。

春如旧。人空瘦。泪痕红浥鲛绡透。
桃花落。闲池阁。山盟虽在，锦书难托。
莫莫莫。

——陆游《钗头凤》

你红润嫩白的双手，捧着黄封酒。满城春色烂漫，你却早已像宫墙中的绿柳般遥不可及。春风险恶，竟然吹散美好姻缘，使我俩的欢情淡薄。一腔的愁绪，多年的分离。错，错，错。

春天的美景和以前一样，人却白白为相思而消瘦。泪水沾染脸上的胭脂，湿透了手帕。桃花已经凋谢，池塘亭阁也是空的，海誓山盟虽然还在，书信却难以寄到你手中。罢了。罢了。罢了。

爱国诗人陆游与妻子唐婉之间情深爱笃，却在陆游母亲的介入下，最后以离婚收场。而这个哀伤的爱情故事，也让这首《钗头凤》得以从陆游笔下诞生，流传至今。

陆游与唐婉的爱情故事，最早记载在陈鹄《耆旧续闻》中。陈鹄写自己到会稽的许园游玩，看到墙上有陆游题的词，他说：

陆游与妻子琴瑟和鸣，陆母却不满意，因此休了媳妇。夫妇俩感情深厚，不忍分离。前妻后来嫁给南班士的某人，他拥有这美丽的园馆。陆游有一日到花园中，前妻听到他来了，派人送上黄封酒与水果，殷勤招待。陆游感激她的情谊，在墙上填了这首词。前妻看到后，也和一首，有“世情薄，人情恶”之句。可惜如今已得不到全首词。不久，前妻忧郁而死，听到的人都感到悲怆。该园馆后来改名为许氏园。淳熙年间，题词的墙壁还在，有人还用竹木把它围起来保护着，不过现在墙已经不见了。[1]

陈鹄没写女主角是谁，也没提到婆媳关系，只说女主角再嫁的对象是一位家中拥有名园的富豪，因为陆游去参观名园，两人才再次相遇。当时陆游在墙上的题字、前妻回应的一首词，本来都用竹木保护着。

接着，南宋的刘克庄也在《后村诗话》中说：

> 陆游年轻时，父母管教严格。刚娶某氏时，伉俪相知相爱，父母担心陆游沉迷爱情荒废学业，几次责备媳妇。陆游不敢违背父母的心意，只好和妻子分别。妻子改嫁某官，竟然与陆游是远亲。有一天，两家相聚于沈园，两人同时在座，却仅以目光相接触。陆游活得久，晚年时写了两首绝句……以前读，不了解其中的意思，后来听曾温伯说了些来龙去脉，他的祖父以前是陆游的学生，这才明白。[2]

刘克庄同样没提女主角是谁，只说陆游与妻子感情太好，陆母担心陆游沉迷于爱情，考不中科举，几次责备媳妇，陆游也不敢违逆父母之意，两人只好分手。而女主角改嫁的对象，竟然与陆游是远亲。

周密的《齐东野语》则说：

> 陆游娶了唐闳的女儿，唐氏和婆婆本来是姑侄。夫妻间情深义重，却得不到陆母的欢心。唐氏被赶出去后，陆

游不忍心和她分手，为她租了房，时时探望。陆母知道后，想拆散他们。陆游虽然事先知情，把唐氏带走，但纸包不住火，无法再隐藏。两人被迫断绝来往，人伦惨变。唐氏后来改嫁同郡的赵士程。某次春日出游，两人相遇于禹迹寺南边的沈氏园，唐氏向赵说了，赵派人送上酒菜。陆游内心惆怅许久，写下《钗头凤》一词，题在沈园墙壁上。这是绍兴乙亥年的事。[3]

周密明确写出女主角是唐闳的女儿，也就是唐婉，并写到她改嫁给赵士程，更说明陆游与唐婉本来是表兄妹。

不管细节有怎样的出入，这对爱侣就是被母亲硬生生地拆散了。

陆游这首《钗头凤》里，“满城春色宫墙柳”指唐婉已经改嫁，早已像宫墙中的绿柳般遥不可及。“东风恶，欢情薄”，以东风暗指自己的母亲。春风为大地带来生机，陆游感念母亲的生育之恩，却也厌恶母亲拆散自己的家庭，以致“欢情薄”。

读陆游的《剑南诗稿》会发现，他是个重感情的人，只要是亲人、老师、朋友，甚至是他很敬重却未曾谋面的人去世，都会作诗以示哀悼。唯独对于母亲的去世，他没有留下任何诗作。是否真的无法谅解母亲，可能只有陆游自己知道。

唐婉读了陆游的词，心有所感，也填了一首《钗头凤》：

世情薄。人情恶。雨送黄昏花易落。
晓风干。泪痕残。欲笺心事，独语斜阑。
难难难。
人成各。今非昨。病魂尝似秋千索。
角声寒。夜阑珊。怕人寻问，咽泪装欢。
瞒瞒瞒。[4]

唐婉哀怨“人成各，今非昨”，现今男婚女嫁，已经各不相干，只有掩饰情感、假装欢乐，其实内心异常痛苦。

陆游二十岁与唐婉结婚，三年后离婚，三十一岁在禹迹寺与唐婉重逢。这时陆游早已再娶了王氏。根据年谱，她为陆游生下七子二女。

唐婉填完词不久就忧怨过世。但是陆游对这段爱情无法忘怀，或者说抱恨终生。他六十八岁时曾说：“我四十年前曾在禹迹寺南边的沈园墙壁上题了一首词，如今再来，这座园子已经换了三次主人……真是沧海桑田，一切都回不去了。”[5]

七十五岁时，他又到沈园凭吊，写下《沈园》两首绝句：

城上斜阳画角哀，沈园非复旧池台。
伤心桥下春波绿，曾是惊鸿照影来。

梦断香消四十年，沈园柳老不吹绵。

此身行作稽山土，犹吊遗踪一泫然。

描写自己旧地重游，但沈园已经不再是旧时的沈园，桥下的绿水曾倒映着她的倩影，如今园中的柳树老得吹不起柳絮，只让人伤心。自己行将就木，仍然要再来凭吊。

对于这段已逝的爱情，陆游无法忘怀，它就像一坛陈酒，愈来愈香。他在八十一岁时，又梦到重游沈氏园，为此再写了两首绝句：

路近城南已怕行，沈家园里更伤情。
香穿客袖梅花在，绿蘸寺桥春水生。

城南小陌又逢春，只见梅花不见人。
玉骨久成泉下土，墨痕犹锁壁间尘。

陆游坚贞的爱情令人动容，从三十一岁到八十多岁，多次写诗纪念与唐婉的爱情。他一共写了十二首悼念唐婉的情诗，心里也一直藏着唐婉的影子。直到他西游川蜀，看到一首被题在驿站墙上的诗：

玉阶蟋蟀闹清夜，金井梧桐辞故枝。
一枕凄凉眠不得，呼灯起作感秋诗。

陆游被诗中的凄凉深深感动。天亮后得知是驿卒的女儿所写，觉得她有着唐婉的灵气与娟秀，就把驿卒之女纳为小妾。可是不到半年，第二任妻子王氏就把这个小妾赶走了。小妾写下《生查子》词：

> 只知眉上愁，不识愁来路。深院有芭蕉，阵阵黄昏雨。
>
> 晓起理残妆，整顿教愁去。不合画春山，依旧留愁住。[6]

词中连用四个愁表达要被赶走的心境，可谓愁上加愁，惹人爱怜。

陆游在感情之路上总是遇到挫折，当初因为母亲，爱妻被逐。后有四川爱妾来填补这份空虚，却又被续娶的王氏逐出家门。

注释：

1. 参考陈鹄:《耆旧续闻》，卷十。“余弱冠客会稽，游许氏园，见壁间有陆放翁所题词云:‘红酥手，黄縢酒，满城春色宫墙柳。东风恶，欢情薄。一怀愁绪，几年离索。错。错。错。/ / 春如旧，人空瘦，泪痕红浥鲛绡透。桃花落，闲池阁。山盟虽在，锦书难托。莫。莫。莫。’笔势飘逸，书于沈氏园，辛未三月题。放翁先室内琴瑟甚和，然不当母夫人意，因出之。夫妇之情，实不忍离。后适南班士名某，有园馆之胜。务观一日至园中，去妇闻之，遣遗黄封酒、果馔，通殷勤。公感其情，为赋此词。其妇见而和之，有‘世情薄，人情恶’之句，惜不得其全阕。未几，怏怏而卒，闻者为之怆然。此园后更许氏。淳熙间，其壁犹存，好事者以竹木交护之，今不复有矣。”

2. 刘克庄:《后村诗话》，卷二。“放翁少时，二亲教督甚严。初婚某氏，伉俪相得，二亲恐其惰于学也，数谴妇。放翁不敢逆尊者意，与妇诀。某氏改事某官，与陆氏有中外。一日通家于沈园，坐间目成而已。翁得年最高，晚有二绝云:‘肠断城头画角哀，沈园非复旧池台。伤心桥下春波绿，曾见惊鸿照影来。’‘梦断香消四十年，沈园柳老不吹绵。此身行作稽山土，犹吊遗踪一泫然。’旧读此诗，不解其意，后见曾温伯，言其详。温伯名黯，茶山孙，受学于放翁。”

3. 周密《齐东野语》:“陆务观初娶唐氏，闳之女也，于其母夫人为姑侄。伉俪相得，而弗获于其姑。既出，而未忍绝之，则为别馆，时时往焉。姑知而掩之，虽先知挈去，然事不得隐，竟绝之，亦人伦之变也。唐后改适同郡宗子士程。尝以春日出游，相遇于禹迹寺南之沈氏园。唐以语赵，遣致酒肴，翁怅然久之，为赋《钗头凤》一词，题园壁间云。实绍兴乙亥岁也。”

4. 释义：人世间的感情很轻薄，人情更险恶，黄昏时下着雨，打落片片桃花。清晨的微风吹干我的眼泪，脸上还残留着泪痕。我喃喃自语地独倚斜栏，想用信笺写下心事寄给你。却是困难，困难，真困难啊。／／现今我们已经各自男婚女嫁，人事全非，不可能再回到过去了。我的病体像秋千的绳索一样摇荡。远方传来的号角声，让人感到寒意，夜已经很深了。怕人询问，我忍住泪水，在人前强颜欢笑。这一切悲恸只能隐瞒，隐瞒，再隐瞒啊。

5. 陆游:《剑南诗稿》，卷二五，诗序。

6. 陈世崇:《随隐漫录》，卷五。

一首歌、一位女婢，这是医药费

医者索酬劳，那得许多钱物。
只有一个整整，也盒盘盛得。

下官歌舞转凄惶，剩得几枝笛。
觑著这般火色，告妈妈将息。

——辛弃疾《好事近》

请大夫来给夫人看病，病好了大夫要求付医药费。哪有那么多钱啊，家中其他歌妓都已经打发出去了，只剩下一个整整，难道真要整盘端走吗?

我最近身体欠安，也无心观赏歌舞，歌妓们无不凄凄惶惶，现在也没剩下几个人懂得吹笛了。既然这样，不用再养歌妓了，就请夫人把整整割爱送给大夫，自己多加保重，把身体养好才是。

黄庭坚典当青衫换取美酒。陆游用貂皮袄换了一艘渔船，想划进春天的湖泊里。刘过同样为了美酒典当貂裘。赵明诚也不惜典当身上的好衣裳，以换取珍贵罕见的金石和碑文拓本。辛弃疾呢？他唱了首歌，用女婢折抵医药费！

辛弃疾，自号稼轩居士，济南历城县人。他“豪爽尚气节，识拔英俊，所交多海内知名士”[1]。陈亮则称赞他：“眼光有棱，足以映照一世之豪；背胛有负，足以荷载四国之重。”他一共写了六百二十九首词，是宋人存词最多的，有“词中之龙”的美称。与苏轼合称“苏辛”，与李清照并称“济南二安”。

辛弃疾出生在仕宦家庭，宋室南渡时，祖父辛赞因考虑大家族人数众多，无法全数南逃，只得忍辱留在金朝当官，并把希望全寄托在辛弃疾身上。后来辛弃疾考中了进士，本来可以鸿图大展，求得显达，但在国仇家恨与祖父的影响下，强烈的爱国心促使他在二十三岁时，从大金奔向南宋。

南奔后，辛弃疾娶了范邦彦的女儿为妻。他原想有一番作为，但因为属于官卑人微的“归正”人士，非但没有进言国家大事的机会，就连对地方政务也没有决断权。

忧国忧时的他，脑中想的都是统一中原。他大多利用上司举行宴席的场合，或是利用向上司祝寿的机会，通过酬唱的歌词，将恢复中原的大任寄托于对方，从而表达强烈的爱国之情。

因此，辛弃疾的早期作品中寿词很多，如“要挽银河仙浪，西北洗胡沙”（出自《水调歌头·寿赵漕介庵》）、“好都取山河献君王，看父子貂蝉，玉京迎驾”（出自《洞仙歌·寿叶丞相》）、“从容帷幄去，整顿乾坤了”（出自《千秋岁·金陵寿史帅致道》）。他也曾上书《美芹十论》和《九议》，陈述战争的策略。他最痛恨主和派，期望能“了却君王天下事”，日夜想的都是“西北有神州”。

由于辛弃疾主战意识太强，与朝廷苟且偷安的氛围不合，又得罪了主和派小人，后来被安上“奸贪凶暴”“用钱如泥沙，杀人如草芥”的罪名，于四十二岁时遭弹劾落职。

辛弃疾被迫退隐江西上饶一带的带湖，盖了一间“稼轩”。他认为人生应该以努力耕田，勤于农事为优先，所以九个儿子的名字都有“禾”字旁，并自号“稼轩居士”，还请洪迈帮他写《稼轩记》。好友陈亮羡慕地说：“房子盖得很气派。”说自己家和“稼轩”比，就像“鷦鷯”和“鲲鹏”。朱熹也觉得“稼轩”是豪宅，大开眼界。

辛弃疾虽然是主战派，开口闭口统一中原，但他不仅住豪宅，家中还养有许多歌舞妓，几乎都取叠字为名，比如整整、钱钱、田田、香香、卿卿，除了好叫，感觉也更轻松、更亲昵。这些歌妓有的会吹笛，有的会写信，多才多艺。元人陶宗仪《书史会要》说:“田田、钱钱两位歌妓一个姓田，一个姓钱，干脆就以姓命名，叫田田、钱钱。两妓都识字，能写书信与文章，常替辛弃疾回信给朋友。”既有红颜知己，又能帮忙处理日常事务，看来辛弃疾虽然闲隐，日子过得倒很幸福。

不过，家中养了这么多人，除了六个歌女，还有九个儿子、两个女儿。对于无业的辛弃疾来说，负担显然很重。他退隐在带湖十一年多，日渐捉襟见肘，妻子大概因为太操心“柴米油盐酱醋茶”，病倒了。

辛弃疾请大夫来看病把脉，擅长吹笛的整整站在一旁服侍。整整相当伶俐贴心，一心期待大夫早点医好夫人的病。没想到辛弃疾竟然指着她对大夫说:“老妻如果病好了，就把她送给你。”几天后，辛夫人的病果然痊愈。辛弃疾也履守约定，把整整送给了大夫。

整整离去前，辛弃疾唱了这首《好事近》，把整件事的前因后果全部唱了出来。词中提到“只有一个整整，也盒盘盛得”，意思是说日子很穷，只剩下整整这一位歌妓了，你就整盘端走吧。[2]

辛弃疾这样唱可不是开玩笑，让人意想不到的是，大夫竟然也没有抗议辛弃疾看霸王病，开心地领走了整整。可见整整一定既聪明美貌又多才，大夫觉得不亏本，开心笑纳了。事实上，辛弃疾是第二次闲居江西瓢泉时，才因病把所有歌妓送走。

以现代人的眼光来看，用一个歌妓折抵医药费，相当荒谬。但古代的女性没有地位，更缺乏人权，歌妓、侍妾就像货物一样，随时会被主人转赠他人。

注释：

1. 参考脱脱:《宋史 ·辛弃疾传》，卷四一。

2. 参考周辉:《清波杂志》，卷三。

临死前的真情忏悔录

八十一年住世，四千里外无家。
如今流落向天涯。梦到瑶池阙下。

玉殿五回命相，彤庭几度宣麻。
止因贪此恋荣华。便有如今事也。

——蔡京《西江月》

我今年虚岁八十一，本应安享晚年，却被放逐到四千里外的异乡，现今有家归不得，流落天涯。只能在梦中飞回帝王仙家。

回想过去，朝廷多次下诏书宣告，五次命我为宰相。都是因为贪恋人生荣华，才沦落为今天的下场。

“鸟之将死其鸣也哀，人之将死其言也善。”鸟在死前的叫声是悲哀的，人临死前说的话都是和善的，但何必等到快死了才哀鸣呢？人应该常常反省自己，赶快修正没有依礼而行的地方，才能让行为与价值观都得到改善。不然就会像宋代“六贼”之一的蔡京一样，贪财、贪色、贪权，虽然用力抓住权势地位，但晚景凄凉，可谓最好的前车之鉴。

蔡京少有大志，跟着堂兄蔡襄学书法时，起初不愿写小楷，说“大丈夫当运如椽笔”，椽笔此处指笔力雄健。蔡京认为大丈夫不能小心眼、小格局，书写时应该以大手笔气贯长虹。后来他求教多位老师，精益求精，最后深得王羲之的笔意，自成一家，“字势豪健，痛快沉着”，当时号称“天下第一蔡”。

蔡京虽然书法端严秀健，笔力遒劲，却被《水浒传》斥为四大奸臣之首。北宋歌谣：“打了桶（童贯），泼了菜（蔡京），便是人间好世界。”可看出人们有多痛恨蔡京，认为除掉他就能过上好日子。

蔡京五十六岁开始当徽宗的宰相，曾被罢免三次，但时间都很短。第四次拜相时，蔡京已是七十九岁高龄，几乎一脚已踏入了棺木，根本无法治事，徽宗却依然任用他，并且允许他把政事交给小儿子代为处理。蔡京当了十七年宰相，四起四落，堪称古今第一人。另一方面，蔡京与弟弟蔡卞是第一对兄弟宰相，与儿子蔡攸是第一对父子宰相。但是他们都见利忘义，以致最后兄弟阋墙，父子冷漠相待。

蔡京当红时，徽宗七次驾临他的宅邸，并将女儿延庆公主嫁给他的第五个儿子蔡鞗，赏赐金银珠宝不计其数。徽宗在蔡京家中不仅免除君臣之礼，就像是家人一般，还让他与自己同坐饮酒。蔡京家的仆役甚至做了大官，陪嫁的婢女被封为夫人。可见蔡京“惑主”的威力。

宋徽宗曾听信蔡京的主张，将反对王安石新法的司马光、文彦博、吕公著、苏辙、苏轼等旧党三百零九人，列为“元佑奸党”，立“元佑党籍碑”于端礼门，同时下令在全国各地刻碑立石，“以示后世”。就连这些人的子孙也不能在京城及附近做官。

蔡京专门欺压忠良。《宋史·蔡京传》说他天资聪颖，可惜专横又放肆，专为巩固自己的地位，政治人品和官德操守实在令人不齿。[1] 太学生陈东曾经上书，称蔡京、童贯等人为“六贼”，蔡京更是六贼之首。为了谋取自己的私利，他假借上级的名义，时常掠夺百姓，什么手段都使得出来。

蔡京罪行昭彰，但宋太祖有不杀士大夫的遗训，因此被发配到瘴气重重的岭南。《挥麈后录》记载，蔡京在路上因为饥渴，想买东西吃，但店家一听说是蔡京要吃的，没人愿意卖，甚至围着他的轿子破口大骂。直到州县官吏赶来驱散众人，事情才告平息。蔡京坐在轿中叹息："京失人心，一至于此。"

蔡京一到潭州（今湖南），就写下这首《西江月》。词中的"宣麻"是指宋代拜相命将，会用白麻纸写诏书，在朝廷里公布。蔡京写这首词，唱出自己当下的心情——曾经多次被任命为宰相，多少光荣事迹，都因为贪恋荣华，今日沦落如此下场。

写完《西江月》没几天，蔡京就死了。他的老门人吕川卞（吕辨）筹了些钱为他办后事，并为他作墓志："天宝之末，姚、宋何罪。"指后人不会将唐玄宗末年发生安史之乱的责任，归咎在唐玄宗初年的贤相姚崇和宋璟身上，意指不应把宋亡国之罪归给蔡京。[2]

另一方面，《西江月》一词在《大宋宣和遗事·利集》里有不同的记载。指出蔡京一家贪恋富贵、权势、美色，结果子孙三十三人被流放。蔡京被移送到潭州时，由使臣吴信负责押送。再坏的臣子，也会有忠心的随护。吴信为人处事很小心，一路谨慎地服侍蔡京。蔡京感念旧情，不禁流下泪来，并命令吴信和他对坐，作词《西江月》自表心迹。[3]

八十衰年初谢，三千里外无家。

孤行骨肉各天涯，遥望神京泣下。

金殿五会拜相，玉堂十度宣麻。

追思往日谩繁华。到此番成梦话。[4]

后来蔡京在潭州住了一个多月，“怨恨而死，年八十”。

蔡京死于长沙城南边五里外的东明寺。潭州太守是他的仇家，故意放尸数日不收殓，随行使臣只好随便用草席包一包，将他葬入漏泽园。大家都说蔡京得到了报应。[5]漏泽园正是蔡京设置的，专门收葬无主及穷人骸骨，没想到自己被葬在那里。

蔡京的长子蔡攸同样被安置在永州，后移到万安军（今海南万宁）。朝廷还派使者到万安军将其斩首，并且把他的头颅传送四方。另一个儿子蔡翛也以复辟之谤伏诛。这一家人的下场实在悲惨，足为后世贪官污吏所警惕。

注释：

1. 参考《宋史·蔡京传》：“京天资凶谲，舞智御人，在人主前，颛狙伺为固位计，始终一说。”
2. 王明清：《挥麈后录》，卷八。
3. 无名氏：《大宋宣和遗事·利集》。“蔡京责授秘书监分司南京，寻移德安府衡州安置。正言崔鹏言：‘贼臣蔡京奸邪之术，大类王莽，收天下奸邪之士，以为腹心，遂致盗贼蜂起，夷狄动华，宗庙神灵为之震骇。’遂窜蔡京儋州编置，及其子孙三十三人并编管远恶州军（广南）。在后蔡京量移至潭州（湖南）。那时使臣吴信押送，信为人小心，事京尤谨。京感旧泣下。尝独饮，命信对坐，作小词自述云《西江月》。”

4. 释义：我已过了八十岁，却被流放到三千里外的异乡，无家可归啊。孩子们也都被放逐，四散到天涯海角，远远地眺望京城而潸然泪下。//像我这样五次拜相，十度加官晋爵的人，追想往日的繁华都已成空，到此这一切都已成梦话。

5. 周辉:《清波杂志》，卷二。“人谓得其报。”

亡国哀音

玉京曾忆昔繁华。万里帝王家。
琼林玉殿，朝喧弦管，暮列笙琶。

花城人去今萧索，春梦绕胡沙。
家山何处，忍听羌笛，吹彻梅花。

——赵佶《眼儿媚》

回想汴京以前的繁华，万里江山都属于帝王之家。华丽的宫殿园林，弦管笙琶的乐声日夜不断。

花城早已是空寂无人、萧索冷落，虽然身处黄沙漫天的胡地，汴京那如春的美景，仍然萦绕在梦中。家乡在何处，怎么忍心听到那羌笛吹奏凄凉彻骨的《梅花落》。

每个朝代都有亡国之君。南唐李后主是最早以词来抒发亡国之痛的君王。他被掳到宋时，填词《相见欢》，其中“无言独上西楼”这句，被黄升《花庵词选》评为：“此词最凄惋，所谓亡国之音哀以思。”而李后主被幽囚的三年岁月里，几乎整天以泪洗面，最后写下绝笔词《虞美人》：“问君能有几多愁，恰似一江春水向东流。”死时年仅四十二岁。后人感叹李后主身份的错置：“作个才人真绝代，可怜薄命作君王。”

北宋灭掉了南唐，一百多年后，即南迁到杭州。

北宋徽宗赵佶是神宗的第十一个儿子，与哲宗是同父异母的兄弟。哲宗二十三岁病逝，无后代。在此之前，徽宗早就算计好，对向太后极为敬重孝顺，每日晨昏省视，因此哲宗亡故后，向太后根本听不下宰相章惇“赵佶轻佻，不可以君临天下”的话，坚持认为徽宗“仁孝端正，有福寿之相”，让徽宗当上了皇帝。

徽宗拥有艺术家的浪漫，喜好奇花异石，热爱美食，擅长书法，独创瘦金体；在政治上却昏庸无能，惑于道术，重用蔡京等“六贼”，危害百姓。元朝宰相脱脱在撰写《宋史·徽宗本纪》时掷笔而叹：“宋徽宗诸事皆能，独不能为君耳！”

荒唐的国政，当然造成荒颓的国势，最后惹来金兵南侵，将徽宗和钦宗，连同后妃、宗室、官吏数千人，以及所有古玩珍宝，掳掠一空，导致北宋灭亡。

北押途中，徽宗受尽凌辱。先是爱妃王婉容等人被金兵将领强行押走，为保全名节自刎车中。年仅二十六岁的钦宗皇后美貌出众，一路饱受金兵调戏，抵达金国都城后，被命令入金宫“赐浴”，最后在当天自尽。

徽宗和钦宗则被命令穿上金人的服装，头缠帕头，身披羊裘，袒露上半身，颈上系着绳子，像羊一样被人牵着，任人宰割，还被拉到金国的阿骨打庙举行“牵羊礼”，象征献俘。

徽宗在北行途中曾看见杏花，悲从中来，写下《燕山亭·北行见杏花》，词中写自己被俘至北方，正是杏花怒放的季节，然而自己连身在何处都不知道，想见故国只有在梦中，可是梦却难做成。归国愿望已绝，令人不忍卒读。

被掳往金国之后，有一天夜宿林下，当时月色微明，胡笳声呜呜咽咽，徽宗顺口就念出了这首《眼儿媚》。想到以前坐拥万里山河，如今山河变色，沦为阶下囚，不忍心听胡笳吹奏《梅花落》的曲子。清代词人朱祖谋评这首《眼儿媚》：“大有亡国之痛。”[1]

陈霆在《渚山堂词话》里说，钦宗的词比徽宗更凄怆，自己几乎不忍心抄录。他还感叹父子两人大造奢华的宫殿园林，日夜笙歌不断，竟然落难至此，应该后悔莫及。每次批阅，他都忍不住鼻酸难过。[2]

宋钦宗赵桓的《眼儿媚》和作：

宸传三百旧京华。仁孝自名家。
一旦奸邪，倾天拆地，忍听琵琶。
如今在外多萧索，迤逦近胡沙。
家邦万里，伶仃父子，向晓霜花。

钦宗在词中写道，仁孝传家已近三百年，哪知奸邪作乱，只得沦落到万里外的被掳地，不忍听琵琶的哀音。形容自己和徽宗是一对孤零的父子，没有权势与国家的保护，只能成为被凌辱的阶下囚。看来钦宗并没有自我反省，而是责怪奸邪作乱。

日后，宋徽宗被金帝辱封为“昏德公”，宋钦宗为“重昏侯”，意思是父子两人都昏愦无能。他们被关押在韩州（今辽宁昌图），又被迁到五国城（今黑龙江依兰）囚禁。

作为亡国之君，宋徽宗的荒淫给北宋带来了万劫不复的灾难，也自食其果，最后客死异乡，儿孙沦为俘虏，受尽凌辱。南朝宋顺帝在萧道成的逼迫之下，下诏禅位，曾经流着眼泪说：“愿后身世世勿复生帝王家。”明思宗在亡国时也对公主说：“你为什么要生在我家！”听来真让人心痛。其实，他们的子民才更应该痛哭，如果这些帝王在主持国政时更用心，关心百姓，应该就不会如此悲惨地亡国了吧。

注释：

1. 清代词人朱祖谋评："此为徽宗被俘北上后所作，大有亡国之痛。"
2. 陈霆:《渚山堂词话》，卷三。"此词少帝有和篇，意更凄怆，不欲并载。吾谓其父子至此，虽噬脐无及矣。每一批阅，为酸鼻焉。"

死别前最后一首词

惜多才，怜薄命，无计可留汝。
揉碎花笺，忍写断肠句。
道傍杨柳依依，千丝万缕。抵不住、一分愁绪。

如何诉。
便教缘尽今生，此身已轻许。
捉月盟言，不是梦中语。
后回君若重来，不相忘处，把杯酒、浇奴坟土。

——戴复古妻《怜薄命》

家父怜爱复古的才华，可怜女儿却是薄命。尽管千方百计挽留，却无法留下你。离别时，怎忍心写下肝肠寸断的离别句，只能揉碎花笺。分手时道旁千丝万缕的杨柳依依，却比不上惜别时依依不舍的愁绪。

事到如今，该从何说起？又有何可说？即便是今生缘分已尽，然而此身已经轻易相许。你曾说只要我喜欢，连天上的月亮都会摘下来送给我，这可不是说梦话啊。可是仅仅三年，誓言就已成空。只希望你再来此地时，如果没有忘掉旧情，请在我的坟土上浇奠一杯酒。

在古代，妻以夫为贵，嫁人成为女人一生最大的赌注。如果嫁错，再回头都是百年身。婚姻不是两个人的事，而是两个家族的事。古代女人没有婚姻自主权，全凭媒妁之言，父母做主。嫁错了，只能自认倒霉，所以说“女怕嫁错郎”。

宋代女词人朱淑真由父母做主嫁给一位官吏，两人因为志趣不合，相处得很不愉快，最后朱淑真忧郁早死。听说她过世后，父母太伤心，将她写的诗文全烧掉了，现在只留下《断肠诗集》与《断肠词》。

另一位无奈又倒霉的女性甚至没人知道她的名字，仅称她为戴复古妻，而她写下的《怜薄命》一词，却叫人如此神伤。

戴复古是一位大名鼎鼎的江湖诗人，他的诗名曾经响彻东南方半个天下。[1] 所谓江湖诗人，就是一生没有做官的诗人。戴复古有四十多年时间，都自由自在漫游在江湖间。但他的妻子为何写这首《怜薄命》呢？

据《辍耕录》所说，戴复古还没有飞黄腾达时，流落在江西一带，武宁有个富翁很欣赏他的才华，就把女儿嫁给他。他住了两三年后，忽然想回老家去，妻子问他原因，他才坦白早已娶妻。妻子告诉父亲，富翁很生气，贤惠的妻子不但委婉地替他解释，还把所有的嫁妆送给他。两人离别时，妻子写下这首哀怨的《怜薄命》。丈夫一走，她立即跳江自尽，是个刚烈的女人！[2]

这首词的词牌原名《祝英台近》，取自梁山伯与祝英台死后化蝶的故事，曲调婉转凄凉。[3]因为有“怜薄命”句，所以词牌又叫《怜薄命》。词中前三句“惜多才，怜薄命，无计可留汝”，讲的是女主角以为嫁给了人人称羡又有才华的丈夫，没想到丈夫却是使君有妇，而且一直游走江湖。想挽留丈夫但他去意已坚，自己无计可施。“揉碎花笺，忍写断肠句”，写出妻子的无奈与挣扎。虽然摊开了花笺，却又揉碎，内心既痛苦又煎熬，怎么忍心写下让人柔肠寸断的诀别词句。道旁的杨柳千丝万缕，都比不上一分的离别愁情。词中的“揉碎花笺”就像心被一片片揉碎。读到这里，读者的心往往也像被揉碎了似的，许多人产生了共鸣，因此这首词还有第三个别名，就叫《揉碎花笺》。

下片写到丈夫以前指月发誓要白头偕老，现在都像梦话一般虚无，丈夫的谎言与欺骗让人难堪，深感缘尽情绝，痛下决心要自断残生。因此后四句“后回君若重来，不相忘处，把杯酒、浇奴坟土”交代遗言，如果丈夫日后再回来，没有忘记这段情的话，请在坟上浇奠一杯酒。读了这首词，无人不为戴复古妻的命运惋惜与不舍。

明代《黄岩县志·人物志·列女》也有相同记载，而且更明确提及富翁姓金，女名“伯华”。戴复古住了三年，才说家中早有妻室，打算离去；但是等他回到故乡，妻子已经过世，她临终时在墙上题了两句诗：“机翻白苎和愁织，门掩黄花带恨吟。”意思是说，我忧愁地纺织着洁白的夏布，哀怨地吟着诗。

戴复古看了大哭一场，接续这两句，写成了一首七言律诗。[4]《续亡室题句》：

伊昔天边望藁砧，天边鱼雁几浮沉。
机翻白纻和愁织，门掩黄花带恨吟。
自古诗人皆浪迹，谁知贤妇有关心。
归来却抱双雏哭，碑刻虽深恨更深。[5]

他深知发妻带着两个幼儿在家苦苦等待，但他不负责任、离家就忘了归来，还在外面再娶，当富翁的乘龙快婿，忘记应该负起照顾家庭的责任。三年后回到故乡，妻子已死，即使深深哀悼，也无法挽回一切。

以后戴复古又有《题亡室真像》，首联为：“求名求利两茫茫，千里归来赋悼亡。”可见归家后不仅名利两头空，妻子也撒手而去，让他深深自责。

他另有一首《木兰花慢》：

莺啼啼不尽，任燕语、语难通。这一点闲愁，十年不断，恼乱春风。重来故人不见，但依然、杨柳小楼东。记得同题粉壁，而今壁破无踪。

兰皋新涨绿溶溶。流恨落花红。念著破春衫，当时送别，灯下裁缝。相思谩然自苦，算云烟、过眼总成空。落日楚天无际，凭栏目送飞鸿。[6]

有学者认为这首《木兰花慢》是写给第二个妻子的。十年后，“重来故人不见”，旧地重游，杨柳小楼依旧，却已物是人非。当时穿着破春衫，如今“过眼总成空”，虽然无比怅恨却无可奈何，只能靠着栏杆，眼看鸿鸟飞去。

戴复古虽然负心，却很幸运，第一个妻子会写诗，第二个妻子会填词，都有文学素养，也都争着爱他，可惜她们一样不幸，都嫁给忘了回家、没有家庭观念的男人，同样悲惨地步入黄泉。

注释：

1. 包恢：《石屏集·序》：“以诗鸣东南半天下。”
2. 陶宗仪：《辍耕录》，卷四。“戴石屏先生复古未遇时，流寓江右，武宁有富家翁爱其才，以女妻之。居二、三年，忽欲作归计，妻问其故，告以曾娶。妻白之父，父怒。妻宛曲解释。尽以奁具赠夫，仍饯以词云。（中略）夫既别，遂赴水死。可谓贤烈也矣！”

3. 毛先舒:《填词名解》，卷二引《宁波府志》。

4. 袁应祺:《万历黄岩县志·人物志·列女》，卷六。

5. 戴复古著，吴茂云，郑伟荣校点:《戴复古全集校注》，卷六。“石屏久游湖海，祖妣遂题二句于壁云：机翻白苎和愁织，门掩黄花带恨吟。后石屏归祖妣已亡矣，续成一律。”

6. 释义：春天的黄莺一直啼叫着，翻飞的燕子任意呢喃，却诉说不清心意。春风轻拂，扰乱心绪，这点情愁十年来不断地盘旋于心头。旧地重游却再也看不见爱妻。只有小楼东边的杨柳，依然丝丝如缕。记得我俩曾一同在粉壁上题诗，如今已是破壁残垣，以前的诗句无影无踪。／／水泽中涨起一片绿意，上面漂着仿佛含恨凋落的红花，岸旁长满兰草。我清楚地记得，当年送别时，你在灯下连夜裁剪春衫，现今穿在身上已经破旧。这一切想念之苦只是自我折磨，都是徒然，往事已如云烟，过眼总是成空。在暮色苍茫中，仰望漫无边际的南天，什么都不能挽回了，只能无助地靠着栏杆，目送鸿鸟飞远。

后　记
不分古今，乘着歌声让心灵共鸣

我在词学专题的课堂上，经常提到宋词多是靠当时的歌妓传播，然而古代会唱歌、写歌的人不分男女。比如，战国的秦青、薛谭，汉朝的李延年，唐朝的李龟年、李衮，都是男歌者。不管是男歌者或是女歌者，他们都唱出了心中的感动，安慰游子、逐臣、弃妇的心，或是鼓舞失意、挫折的人，有时也带给人们欢乐与希望。

唱歌最能传达心声，歌声可以卸下人与人之间的防备，也最容易拨动心灵深处的脆弱。有些歌扣人心弦，不管是激昂慷慨，或是怨慕如泣，歌声如梦似幻，常使歌唱者唱得内心回旋激荡，哽咽流泪，难以自已，也使听者身临其境，甚至感动落泪。比如荆轲入秦前，高渐离击筑送别，荆轲用高亢而悲壮的声调跟着唱和，易水旁送行的人“皆涕泪”。又如受唐玄宗宠爱的李龟年，在安史之乱后流落江南，每遇到良辰美景便演唱数曲，常令听者思念往昔“泫然而泣”。

歌声成为歌者与听者的桥梁，歌者能借着歌声，酣畅淋漓地帮助听者发泄郁闷情怀。

唱歌或听歌时，内心受感动，神魂受激荡，因此不自觉地流泪，这些泪水有洗涤伤口的魔力，发挥安抚慰藉的效用。所有的痛苦悲伤，随着歌声与泪水倾泻，心灵得到释放。耳旁只留下悦耳的歌声，鼓舞着听到的人，想起人生的美好，激发向上的力量。

古人说：“丝不如竹，竹不如肉。”意思是说，用丝弦乐器弹拨的曲子，不如用竹管吹奏的乐曲动听，而用竹管吹奏的乐曲，又比不上用嘴巴唱出的歌声动人。可见歌声的艺术魅力无敌，能宣泄情感，触动紧闭的心弦，使真情流露。

宗教上，人们也常使用歌声礼赞造物主的至高无上与丰盛慈爱。很多人在歌颂敬拜中，常感动到热泪盈眶，好像乘着歌声的翅膀，飞翔在喜乐与雀跃中，沉浸在天人合一的境界，进而卸下生命的重担与压力，并能再次对生命充满期待。

宋朝离现在已经一千多年，因工尺谱和板眼（节拍）的亡佚，很多宋词已经不能歌唱，成为案头文学；但是经过后人的努力搜集、编修，还存有少部分可以唱的。

记得好多年前，我在中原大学兼课，搭校车时，有位姜姓校园牧师坐在我的旁边。他也是中文系毕业的，知道我研究词，马上说他大学的老师上词选这门课时，曾教过唱词，接着就唱了一首秦观的《满庭芳·山抹微云》。虽然牧师已经将余生奉献给上帝，以传道为业，但他唱起词来依然情感充沛，陶醉其中而且余音袅袅。我听了很感动也很惭愧。自己身为词学老师，却不会唱词。事后我决定学唱几首宋词，好在课堂中亲自唱给学生听，通过歌唱传达词人的心境与情感，使学生更能深深体会宋词的情韵之美。

很多年后，我代表学系到山东大学签署交流计划，在座谈会中他们知道我教宋词，希望我能唱一首词。盛情难却之下，我被迫“引吭高歌”一曲苏轼的《念奴娇》，虽然多处自行变调，但仍赢得许多掌声和笑声，也增加了交流的情谊与乐趣。他们很羡慕大学的中文系能开设词选的必修课程，而且东吴大学还有诗词吟唱的停云诗社，保存着宋词歌唱的美音。

唱歌是人生乐事，高兴时唱欢乐的歌，悲伤时唱哀歌，得意时唱感恩的歌，失意时唱首励志的歌，用歌声来提升心灵，鼓舞自己，也把快乐传给周围的人。期望我们的人生都能充满美妙的旋律，让大家都来唱一首好听的宋词。

本书中提到宋朝因为唱词而产生的趣事，不论是升官、受器重、得奖赏，还是因唱词而遭灾祸、下监牢，都可以说明宋词在当时受关注的情形。宋词的威力无穷，魅力更是无法挡。

书终于完成了，感谢历史系蒋武雄教授帮忙解释许多宋代官职的职责，以及本系林伯谦教授提供数据诠释，也感谢编辑给我许多美好宝贵的意见。

谨以此书献给热爱宋词的朋友们。